Gerhard Roos

Die Uhr tickt

und

Hoffnung schafft's

Zwei Erzählungen vom Leben

behinderter Pflegekinder

AF192236

Allen tüchtigen Pflegefamilien gewidmet

roos-gerhard-autor de

Impressum

© 2022 Gerhard Roos
Herstellung und Verlag:
BoD – Books on Demand, Norderstedt

ISBN: 978-3-7568-5637-4

Entfernte Ähnlichkeiten mit lebenden und verstorbenen Personen sind durchaus beabsichtigt, jedoch ist niemand direkt dargestellt

Ich danke den Pflegefamilien, die mir von ihren Kindern erzählt und Auswahl-Privatfotos zur Gestaltung des Umschlags zur Verfügung gestellt haben.

Inhalt

Die Uhr tickt   7

Kennen Lernen	7
Heim Holen	11
Zur Sache	14
Ärzte	17
Der Tankstutzen	19
Sitzen und Liegen	22
Nächtliche Unruhe	26
Erste Krise	29
„Brief an unser Pflegekind"	32
PEG-Probleme	35
Doch noch das Herz?	39
Kindergarten?	41
Die Pflegeversicherung	45
Tag oder Nacht?	47
Neues für die Fachfrau	50
Gesprächsbedarf	54
Der Schlafsack	58
Die empfindsame Lunge	61
Ruhige Zeiten	64
Orthopädisches	67
Zukunftspläne	70
Es wird ernst	73
Alles kommt anders	75
Ende einer Familienära	78

Hoffnung schafft's

Hoffnung schafft's   80

Die Geburt   80
Das Unerwartete   84
Die Lösung   88
Der Anfang   93
Alltag einer Pflegefamilie   99
Kindergartenzeit   108
Grundschule   113
Hauptschule   121
Freud und Leid   131
Erste Werkstattzeit   137
Heimbewohner   141
Betreutes Wohnen   147
Neuanfänge   156
Ein Lebenstraum   166

Die Uhr tickt

Kennen Lernen

Sechs Monate alt soll er sein, aber er hat gerade die Größe eines Neugeborenen. Platt liegt er auf dem Rücken inmitten des Krankenhausbettchens, das viel zu groß für ihn ist. Links und rechts vom Kopf hält er seine geschlossenen Fäustchen, das Einzige an ihm, was fest und ausgereift erscheint. Nein, nicht ganz. Auch seine breite kurze Nase scheint seltsam unpassend stabil und jung in diesem uralt wirkenden Säuglingsgesichtchen. Offensichtlich ist das Kerlchen reichlich ausgetrocknet.

Heike und Jens Stuppe wissen bereits, dass dieses kleine Kind Norbert heißt und leider schon in der sechsundzwanzigsten Schwangerschaftswoche durch eine Sturzgeburt zur Welt gekommen ist. Es ist infolge entsprechender Unreife der Augen blind geblieben und nicht mit großartiger Lebenserwartung gesegnet. In seinem kurzen Leben wurde es bereits mehrfach operiert. Der Sozialdienst Katholischer Frauen, kurz SKF, in dessen Obhut Norberts Mutter seit fast acht Monaten lebt, hat ihn hier in der Klinik „geparkt" und durch seinen Pflegekinderdienst eine geeignete Pflegfamilie für dieses mehrfach behinderte Bübchen gesucht.

Durch die Vermittlungshilfe des Bundesverbandes behinderter Pflegekinder ist nun das Ehepaar Stuppe als eine mit „solchen" Kindern schon länger erfahrene

Pflegefamilie gefunden worden, die heute einen ersten Kontakt mit diesem Wichtlein aufnehmen will und soll. Die ruhige, sehr freundliche und sichtlich erfahrene Kinderkrankenschwester, die Stuppes ans Bettchen geführt hat, geht nun los, den Oberarzt zu suchen. Heike Stuppe versucht indessen, die Wange des kleinen Kerlchens zu streicheln. Doch sie kommt gar nicht so weit. Als ihre Hand ungefähr dreißig Zentimeter über Norberts Köpfchen angekommen ist, schnellen Ärmchen und Beinchen nach oben. Die festen Fäustchen öffnen sich und ergreifen Heikes Hand. Und wie die greifen.

Es ist schon verwunderlich, dass dieser sogenannte Mororeflex, der für Neugeborene in den ersten Tagen, höchstens Wochen, typisch ist, bei dem Kleinen jetzt noch auftritt. Und sogar auch, ohne dass Norbert die Hand hätte sehen können. Er muss sie wohl gespürt haben. Als er Heikes Hand nun fest in seinen Händchen hält, kneift er die nutzlosen Augen zu und schmunzelt. Beide Stuppes sind völlig verwundert, wissen aber nun auch, dass in diesem Kind eindeutig Möglichkeiten schlummern, auf seine Umwelt zu reagieren. Jens Stuppe begrüßt nun den gerade herzukommenden sehr müde wirkenden jungen Oberarzt und einen noch jüngeren Assistenzarzt. Als der Kleine die Männerstimmen hört, lässt er Heikes Hand los und legt bedächtig Ärmchen und Beinchen wieder auf das Bettlaken. Nur sein Schmunzeln hält sich noch eine ganze Weile.

„Wir bleiben hier bei ihm, wenn Ihnen das recht ist, er freut sich immer über Stimmen in seiner Nähe." Nach Stuppes Zustimmung beginnen die Ärzte nun, ihnen in dicht gedrängter Form die ganze Krankengeschichte Norberts darzustellen. Bevor klar war, dass sich die Hornhaut der Augen nicht ordnungsgemäß mit den Augäpfeln werde verkleben können, hatte schon eine Notoperation an seinem Herzchen stattgefunden. Nach einer zweiten unvermeidlichen Operation seien aber Blutdruck und Kreislauf inzwischen stabil und keine Operation mehr nötig. Lediglich eine jährliche Kontrolle sei angebracht. Leistenbrüche habe man einige Wochen später auch operativ beseitigt. Die beiden Aufenthalte in der renommierten Augenklinik einer Universität hätten nichts gebracht außer der endgültigen Erkenntnis, dass er jedenfalls blind bleiben werde.

Während der Berichte der Kinderärzte ist die Schwester wieder hereingekommen, hebt den Kleinen aus dem Bettchen, setzt sich auf einen bereit stehenden Stuhl und reicht ihm die Flasche. Schon das Einführen des Schnullers in den Mund ist eine schwierige Aktion. Norbert drückt ihn mit der Zunge immer wieder aus seinem kleinen Mund. Schließlich hat sie es dann doch geschafft. Der kleine Kerl beginnt zu nuckeln. Doch viel ist es nicht, was er aus der Flasche holen kann, obwohl ihm das Saugen durch ein etwas größeres Loch im Schnuller erleichtert wird. Die müden, aber sehr engagiert wirkenden Ärzte verabschieden sich. Der jüngere Arzt sagt: „Wir haben keine große Hoffnung, dass Norbert älter als etwa drei Jahre werden kann. Die Uhr tickt." Da steht also mit Sicherheit eine schwierige Aufgabe ins Land.

Trotzdem, vielleicht auch gerade deswegen bricht das Ehepaar Stuppe umgehend auf, um nun im Büro des SKF die Sache unter Dach und Fach zu bringen. Dort sollten sie eigentlich noch Norberts Mutter kennen lernen. Die aber hat es vorgezogen, am frühen Vormittag ihr bescheidenes Eigentum zu packen und sich davon zu machen. Da sie noch minderjährig ist, hat der SKF schon für eine gerichtliche Anordnung gesorgt, den kleinen Norbert Schulz in Pflege zu geben. So kann die zuständige Sozialarbeiterin zusagen, Stuppes könnten in genau einer Woche den Jungen aus dem Krankenhaus abholen. Bis dahin werde alles Notwendige geregelt sein. Mit den Jugendämtern, die für die Wohnorte der jungen Mutter und des Ehepaars zuständig sind, hat sie bereits die vorerst notwendigen Absprachen erledigt.

Heim Holen

Tatsächlich können Stuppes den kleinen Kerl genau eine Woche später zu sich nach Hause holen, immerhin sind das knapp über dreihundert Kilometer einfachen Fahrwegs. Zum Glück kann sich Jens Stuppe seinen Urlaub so frei wählen, dass er hie und da einen einzigen Tag in Anspruch nimmt. Wie sie das für ihre beiden älteren behinderten Pflegekinder, die spastisch gelähmte Wiebke und den mit einer seltenen Muskeldystrophie belasteten Lukas vor einigen Jahren eingerichtet hatten, wird auch Norbert im ungewöhnlich langen und breiten Oberteil eines Kinderwagens transportiert, das seitlich innen ausgepolstert und sorgfältig auf der mittleren Sitzbank ihres Kleinbusses verzurrt ist. Dafür haben sie sogar vor vier Jahren, als Wiebke in die Familie kam, eine Einzelgenehmigung des TÜV erwirken können.

Ob Norbert in einem zugelassenen Autokindersitz für Kleinstkinder mitfahren kann, muss auf kurzen Strecken ausprobiert werden. Jetzt darf er seine gewohnte Rückenlage, flach wie eine Flunder, beibehalten. Zuviel Neues auf einmal wollen ihm Stuppes auf keinen Fall zumuten. Heike hat sich zuerst neben dem Kinderwagenaufsatz mit dem kleinen Mitreisenden angeschnallt. Doch nach wenigen Kilometern Fahrt kommt sie nach vorne auf den Beifahrersitz. Norbert ist tatsächlich sofort eingeschlafen und wirkt völlig zufrieden und entspannt.

Für das erfahrene Pflegeelternpaar ist es eine neue und völlig unerwartete Erfahrung, dass es von der Sozialarbeiterin des SKF alle nur denkbaren Unterlagen erledigt in die Hand bekommen hat. Stuppes haben eine Abstammungsurkunde, alle Arztbriefe, die Kopie eines Antrags der bisher zuständigen Amtsvormünderin auf Übertragung des Sorgerechts auf Heike Stuppe an das nun zuständige Betreuungsgericht und eine polizeiliche Abmeldebestätigung in der Tasche. Die Genehmigung ihres eigenen Jugendamtes, Norbert in Pflege zu nehmen, liegt schon zu Hause auf dem Schreibtisch.

Beiden ist klar, die zuerst größten Herausforderungen werden die Eingewöhnung in das neue zu Hause, in dem es oft recht munter zugeht, und der Kampf gegen die Austrocknung und den Ernährungsmangel des kleinen Kerlchens sein. Daheim angekommen schaffen sie nun zuerst den schweren Kinderwagenaufsatz samt Norbert auf das solide faltbare Fahrgestell und fahren den noch immer fest schlafenden Kleinen behutsam ins Haus. Für eine Familie mit körperbehinderten Kindern geradezu ideal ist das schöne Elternhaus Heikes, ein großer alter friesischer Resthof, in dem sich unglaublich zahlreiche Zimmer haben einrichten lassen. Als ihre größeren leiblichen drei Kinder je ein eigenes Zimmer benötigten und Heikes inzwischen verstorbene Mutter noch eine eigene hübsche Einliegerwohnung haben sollte, war ein kräftiger Ausbau des früheren Wirtschaftsbereiches vorgenommen worden. Als Beamter im gehobenen

Dienst einer Wasserwirtschaftsbehörde hatte Jens das gut finanzieren können.

Wiebke ist noch im Kindergarten der Lebenshilfe und Lukas sitzt vergnügt spielend im Laufstall, wohl versorgt durch die tüchtige Hausangestellte Marlies. Die beiden großen Mischlingshunde kommen sofort zum Kinderwagen. Das ist ein neuer Geruch, der muss natürlich erst einmal eingeordnet werden. Aber für die beiden kindergewohnten Hündinnen ist das nur eine Augenblickssache, schon gehört für sie Norbert zur Familienherde. Auf den haben sie nun auch aufzupassen.

Während einer kleinen Mahlzeit, die sich das Ehepaar Stuppe nun gönnt, wacht Norbert langsam auf. Sichtlich aufmerksam horcht und schnuppert er in die Atmosphäre der ihm völlig ungewohnten Umgebung im Haus. Wenn Heike oder Marlies sprechen, reagiert er in keiner auffälligen Weise. Ganz anders ist das, wenn Jens etwas sagt. Sofort geht ein kurzes Leuchten über das Gesichtchen, und er fängt an zu schmunzeln. Wie im Krankenhaus ist die Männerstimme der Auslöser für seine sichtliche Heiterkeit.

Zur Sache

Jetzt ist es höchste Zeit, dem kleinen Kerlchen Nahrung und Flüssigkeit zuzuführen. Heike bereitet ihm ein Fläschchen mit einer kalorienreichen Heilnahrung, die sie noch aus den ersten Wochen mit Lukas, der zuerst auch nur sehr schwierig zu füttern war, im Schrank stehen hat. Nach einer kurzen Auseinandersetzung mit der erneut widerspenstigen Zunge hat der Schnuller dann seinen korrekten Platz gefunden. Norbert saugt, aber wie im Krankenhaus ist der Erfolg dieses Saugens nicht eben berauschend. „Der zieht gleichzeitig Luft durch die Nase, deshalb klappt das nicht richtig." Heike hat das Problem sogleich erkannt. Dem Kleinen jeweils beim Einsaugen des Inhalts der Flasche kurz die Nase zuzuhalten ist der erste Versuch, das zu unterbinden. Das klappt. Es gelingt aber vorerst nur zu zweit und verlangt einige Konzentration. Das Ergebnis jedoch ist durchaus befriedigend.

Jens und Marlies, die abwechselnd das Näschen zuhalten, müssen dabei ganz still sein. Besonders wenn Jens etwas sagt, beginnt Klein-Norbert mit dem Schnuller im Mund sein Schmunzeln, das mit der Flasche wie Grinsen aussieht. Dann läuft die Nahrung aus den Mundwinkeln. Ein ganz schöner Schlingel, der Kleine. Sichtlich wird recht schnell ein Punkt erreicht, ab dem nichts mehr in den kleinen Magen hinein passt. Die Brühe läuft nur noch neben dem Schnuller aus dem Mund. Also ist der kleine Magen durch den langen Mangel noch kleiner, als er sein dürfte. Da muss jetzt Flasche Trinken ordentlich geübt werden.

Pünktlich - von der Einfuhr der Nahrung verursacht - fängt das Kerlchen plötzlich an, kräftig zu miefen. Prima, das also klappt auch. Auf der breiten elektrisch höhenverstellbaren Bobath-Gymnastik-Liege, die für alle Kinder auch als Wickeltisch verwendet wird, ist der Windelwechsel schnell gemacht. Das erledigt heute Vater Jens. Mit dem Inhalt der Windel ist er nicht ganz zufrieden, aber bei diesen Nahrungsaufnahme-Problemen war kaum Besseres zu erwarten. Die Pflegeeltern und ihre Helferin sind sich einig: Wenn das mit der Nahrungsaufnahme unter Zuhilfenahme des kurzfristigen Nasenverschlusses weiterhin klappt, wird es dem kleinen Norbert bald insgesamt besser gehen.

Die nächste Herausforderung ist nun das Ausprobieren verschiedener Liegeflächen und Orte für seinen Aufenthalt am Tag. Vorerst soll er im Kinderwagen inmitten der großen Diele liegen, damit er sich an alle Geräusche und Gerüche seines neuen Lebensraumes schnell gewöhnen kann. Für die Nacht hat er sein Zimmerchen, das unter Verwendung eines Babyphones überwacht wird. Sollte sich mit der Zeit ergeben, dass er auch eine sitzende Haltung mögen kann, wird er probeweise in eine kleine orthopädische Sitzschale gesetzt werden, die vor knapp vier Jahren für Wiebke hergestellt wurde. Längst ist die inzwischen aus ihr herausgewachsen. Jetzt nutzt sie eine „mitwachsende",

15

das heißt längerfristig anpassbare Sitzeinheit auf einem größeren Untergestell.

Spannend ist, wie wohl die erste Nacht mit ihm verlaufen wird. Zum Glück geht es ins Wochenende. Jens muss am nächsten Tag, dem Sonnabend, nicht arbeiten. Da kann die Nacht so unruhig werden, wie sie will. Das wird sie aber letztlich gar nicht. Nachdem die größeren Beiden längst in ihren Zimmern schlafen, wird Norbert als Letzter noch einmal gefüttert, frisch gewindelt und schließlich warm in ein Babyschlafsäckchen eingepackt. Da kann er sich nicht frei strampeln; das ist wichtig, denn seit etwa einer Stunde hat er tatsächlich begonnen, seine Arme und Beine häufiger zu bewegen.

Das Kinderbettchen in seinem Zimmer scheint ihm zu gefallen, nach wenigen Minuten schläft er fest. Nur um Punkt vier Uhr mault er kurze Zeit ein bisschen herum. Sein Wimmern klingt, soweit das seine eingeschränkten Kräfte zulassen, ziemlich verärgert. Wäre er stärker, würde er vermutlich zornig weinen. Heike ist kurz bei ihm und streichelt ihm behutsam sein Gesichtchen. Und siehe da, das wirkt. Er beruhigt sich recht schnell und schläft wieder ein, nachdem er kurz ihre Hand im Mororeflex festgehalten hat. Jens ist ein gut trainierter Aufwärmer seiner dabei ausgekühlten Liebsten. Diese nächtlichen elterlichen Wanderungen gibt es seit weit über zwanzig Jahren immer einmal wieder. Einer muss raus, der Andere hält im Bett die Wärme.

Ärzte

Die ersten Tage und Nächte verlaufen ziemlich gleichmäßig. Norbert lässt sich tatsächlich recht gern immer einmal wieder für zwei oder drei Stunden in der alten Sitzschale unterbringen, die für ihn mit einem weichen dünnen Kissen ein Wenig aufgepolstert wird. Auch die Ernährung klappt ganz gut. So informiert Heike Stuppe den Hausarzt, dass sich inzwischen ein neues Familienmitglied eingefunden habe. Dieser erfahrene Allgemeinarzt hat sich recht gründlich in die Probleme der jeweiligen Pflegekinder der Familie Stuppe eingelesen und erspart den Pflegeeltern damit oft den Weg zum Facharzt. Das ist sehr hilfreich, zumal die Wartezeiten beispielsweise im Kinderneurologischen Zentrum, das gut vierzig Kilometer entfernt ist, bis zu neun Monate betragen. Benno Klostermann hingegen praktiziert im Kirchdorf, zu dem Stuppes Resthof, der außerhalb einen knappen Kilometer davon entfernt liegt, gemeindlich gehört.

Bereits zwei Tage später kommt Klostermanns kleiner alter Geländewagen, den er hier im Moorland gut brauchen kann, in die Einfahrt gebrummt. Jens hat ihm alle Arztbriefe kopiert, und Heike berichtet ihm von den Erfahrungen der ersten Zeit mit dem Kleinen. Der Arzt sieht bei der Untersuchung des Kerlchens, dass die Operationen durchaus gelungen scheinen. So sollte es möglich sein, ihm im Zentrum einmal einen Gesamtcheck zu organisieren. Besondere Fragestellung:

Was geht in seinem Gehirn vor? Der immer noch vorhandene Mororeflex und einiges Andere weisen darauf hin, dass dort wohl deutliche Degenerationen zu finden sein dürften. Welche das sind, möchte Klostermann gerne wissen. Nur dann lässt sich entscheiden, inwieweit therapeutische Maßnahmen angebracht sind. Auch einen Augenarztbesuch empfiehlt er und schreibt sofort entsprechende Überweisungen.

Die Wartezeit für den Augenarzt beträgt sechs Wochen. In seine Praxis wird Norbert erstmalig mit dem Babyautositz transportiert, und das gelingt sehr gut. Der Besuch bei diesem Arzt erbringt die Bestätigung, dass der Kleine völlig blind ist. Der klinische Befund der Augäpfel ist so gut, dass nur jeweils alle zwei Jahre eine augenärztliche Kontrolle als sinnreich empfohlen wird. Damit lässt sich sehr gut leben. Im Kinderzentrum veranlasst die zuständige Kinderärztin nach einem sofortigen Elektroenzephalogramm, kurz EEG, dass zwei Wochen nach dem Vorstellungsbesuch der kleine Norbert noch einmal zu einer Nachuntersuchung und einem Nachgespräch ins Zentrum gebracht werden muss. Da er inzwischen erheblich stabiler geworden ist, steht er alle diese Untersuchungen problemlos durch. Das Nachgespräch bei der für ihn zuständigen Ärztin erbringt die erwartete Information, Norbert habe eine extrem geringe Lebenserwartung, vielleicht drei oder dreieinhalb Lebensjahre insgesamt. Jetzt ist er vierzehn Monate alt. Es ist wohl so, die Uhr tickt.

Der Tankstutzen

Nachdem er erst einmal ganz gut gelernt hat, auch ohne zugehaltenes Näschen seine Flasche leer zu saugen, lässt diese Fähigkeit allmählich wieder nach. Auch der Nasentrick hilft nicht mehr, er fängt sofort an zu husten und zu spucken. Offensichtlich lässt allmählich sein Schluckreflex nach. Nun wird es Zeit, über eine andere Lösung nachzudenken. Bei einem Familientreffen des Bundesverbandes behinderter Pflegekinder haben Norberts Pflegeeltern einige schluckschwache Kinder erlebt, die mit einer Perkutanen Endoskopischen Gastrostomie, kurz PEG, versorgt waren und damit einen durchaus wohlgenährten Eindruck machten.

Eine Pflegemutter, die gar nicht weit weg von Stuppes Wohnort zu Hause ist, hatte vorübergehend ihr Kind über eine Nasensonde ernährt und dabei festgestellt, dass diese erstens dem kleinen Pflegetöchterchen lästig war, zweitens erzwang, dass die Kleine mit offenem Mund schlief, weil das Atmen durch die Nase gestört war und drittens nun gar nicht mehr schlucken konnte. Daraufhin hatten sie und ihr Mann, gegen den Rat eines Arztes aus dem Zentrum, der Kleinen in einer Bremer Klinik eine PEG setzen lassen. Dieser direkte Zugang zum Magen ist ein dünner Plastikschlauch mit einem schirmartigen Ende im Magen und einer Durchrutschsicherung außen. Der wird durch ein geschickt vom Gastroenterologen gestochenes „Stoma" geführt, also durch eine künstliche

Körperöffnung. Der Erfolg bei diesem Mädchen war erstklassig.

Schnell ist erfragt, wie Kontakt zu dieser Klinik herzustellen ist. Die Wartezeit beträgt nur eine einzige Woche. Der durchführende Arzt ist erst vor Kurzem aus Nürnberg nach Bremen gekommen, wo er her stammt. Mit unglaublicher Behändigkeit versorgt er den Kleinen mit diesem Tankstutzen, wie er die PEG schmunzelnd nennt. Gelernt hat er das bei seinem vorherigen Chefarzt in Nürnberg, wie er sagt. Über eine Nacht bleibt Heike mit Norbert in der Klinik; Vertrauen ist gut, Kontrolle besser. Die Heilung des Stomarandes klappt aber perfekt, und schon sind sie entlassen. Nicht aber, ohne erfahren zu haben, dass nach etwa acht Wochen ein Wechsel zu einem „Button" stattfinden kann, der dann nicht rumbaumelt und von der Familie selbst gewechselt werden kann. Den will Heike auf jeden Fall für den Kleinen haben.

Nun beginnt ein neues Zeitalter der Ernährung. Jede Mahlzeit beginnt mit einem Fütterungsversuch mit der Flasche. Er soll das Schlucken ja nicht verlernen. Der Rest der Nahrung kommt dann direkt in den Magen. Auch die Nahrung selbst ist neu. Das ist eine speziell für diese Sondenernährung bilanzierte Flüssigkost mit ausgewogenem Verhältnis aus Flüssigkeit, Kalorien und Vitaminen. Vorerst schaffen es die Pflegeeltern noch, etwa ein Drittel der Menge durch den Mund zu füttern. Wobei nach wie vor der kleine Schlingel erheblich entspannter trinkt, wenn Vati das Fläschchen reicht. Seiner Mutti und Marlies gegenüber ist er zwar nicht unfreundlich, aber wenn der Vati auftaucht, zeigt er seine Freude überdeutlich.

Sitzen und Liegen

Obwohl Norbert noch nicht ganz auf eine altersgerechte Körpergröße herangewachsen ist, wird doch auch ihm langsam die alte Sitzschale seiner Pflegeschwester zu klein. Außerdem ist die Passform nicht ganz ideal. Das ist wie mit getragenen Kinderschuhen, die eigentlich nicht für nachwachsende Geschwister verwendet werden sollten. Nun braucht das Kerlchen also eine eigene orthopädisch korrekt angepasste Schalenversorgung. Der tüchtige und kenntnisreiche Außendienstler des Sanitätshauses, mit dem Stuppes zusammenarbeiten, bringt die Idee für eine „Anschäumung" einer „Sitzorthese" mit, die er so geplant hat, dass sie vermittels starker Scharniere und einer teilweise umsetzbaren Polsterung mit wenigen Handgriffen zu einer im Kleinbus verankerbaren Liegestatt verändert werden kann.

Die lässt sich dann tatsächlich genau so anpassen, wie das der Körper des kleinen Kerlchens benötigt. Auch ein passendes Untergestell mit Rädern, auf dem sich die Sitzschale auch aufklappen und zum Liegen umändern lässt, hat der Rehatechniker zur Anprobe mitgebracht. So könnte Norbert sogar außerhalb seines Bettchens seinen Mittagsschlaf erledigen. Diese Ausstattung soll nun bei der Krankenkasse beantragt werden. Da Norberts Mutter keine eigene Versicherung hatte, als der Kleine geboren wurde, sondern über ihre alleinerziehende Mutter familienversichert war, hat Jens sofort von der gesetzlich verankerten Möglichkeit Gebrauch gemacht, dieses Pflegekind anders als die beiden anderen über sich in seine private Krankenversicherung als Familienmitglied unterzubringen. Und auch seine Beamtenbeihilfekasse hat den Jungen als beihilfeberechtigt anerkannt.

Jetzt gilt es zu warten, ob die geplante Sitz- und Transportversorgung für den kleinen Mann genehmigt wird. Und das wird sie, sogar ohne Besuch des zuständigen medizinischen Dienstes. Das Sanitätshaus hat schlauer Weise die Kombination aus zwei einzelnen Schalen als Alternative angeboten. Eine zum Sitzen und eine zum Liegen im KFZ. Und Vater Jens, in den taktischen Notwendigkeiten bestens erfahren, hat als zweite Alternative ein anderes Sanitätshaus Schalen anbieten lassen, die ebenfalls weit teurer als die geplante geworden wären. So kann nun diese bestellt werden.

Oft breitet Norbert seit einiger Zeit ruckartig seine Arme aus, rechtwinklig vom Körper. Dafür wird das Bettchen langsam zu klein, obwohl es in der Länge noch ganz gut passt. Das ist schade, denn bisher bietet das Bett auf soliden Rädern die Möglichkeit, den Kleinen tagsüber, wenn er nicht in der Schale sitzen möchte, mitsamt seiner Liegestatt ins Wohnzimmer zu holen. Er genießt es sichtlich, auf diese Weise den ganzen Tag unter Menschen zu verbringen, auch wenn er zwischendrin ein Schläfchen hält. Am Wochenende liebt er es, neben Vaters Schreibtisch in dessen geräumigem Büro zu stehen. Irgendwann bemerken die Eltern, dass dabei die

Tatsache, dass Jens gerne leise Musik in seinem Zimmer laufen lässt, eine wichtige Rolle spielt.

So entsteht der Plan, das Bürozimmer ein wenig umzuräumen und in einer geeigneten Ecke ein Hochbett im Format von zweihundert mal einhundert und vierzig Zentimetern fest aufzubauen. Dieses erhält rundherum niedrige aufgepolsterte Schutzwände, deren eine Seite abgeklappt werden kann. Die Höhe wird so gewählt, dass der kleine Bursche nun sogar in seiner eigenen Liegestatt gewickelt und umgezogen werden kann. Das haben sich Heike und Jens schon vorausschauend auf ein mögliches kräftiges Wachstum des Jungen so ausgedacht. Dass er nur drei Lebensjahre alt werde, glauben beide schon länger nicht mehr. Auch wenn doch irgendwie die Uhr tickt. Der Kleine besitzt aber einen durchaus beachtlichen Lebenswillen.

Die Erfahrung mit seiner Freude an Musik lässt die Idee reifen, ihm das Radio Tag und Nacht laufen zu lassen. Nach einigen Programmwechseln ist auch der Sender gefunden, dessen Musikmischung ihn am besten bei Laune hält. Das ist zwar nicht ganz die Lieblingsmusik seines Vaters. Da es aber ziemlich anspruchslose Unterhaltungsmusik ist, wie er sie als Dauerbeschallung im Autoradio gerne hat, gewöhnt er sich schnell daran, auch bei diesen leisen Klängen am Schreibtisch zu arbeiten. Die Tür zum Wohnbereich in der großen Diele steht ständig offen. So hat Norbert Beides, Familienanschluss und leise Musik. Er quittiert diese

Veränderungen mit wachsender Zufriedenheit. Sein manchmal minutenlanges behagliches Schmunzeln macht seinen Pflegeeltern große Freude. Nun ist er bereits zwei Jahre alt und körperlich wie in seiner Stimmung recht stabil.

Nächtliche Unruhe

Eigentlich hat Norbert einen ordentlich tiefen und ruhigen Nachtschlaf. Aber fast jede Nacht wird er um etwa Vier Uhr wach und schimpft herum. Zuerst waren jedes Mal Heike oder Jens zur Stelle. Aber das wirkte auch nicht besser, als wenn sie ihn einige Minuten alleine randalieren ließen. Er schlief dann wieder friedlich weiter. Schlecht ist nun, dass diese Randale von Monat zu Monat länger dauert, und dass er danach eine andere Art Schlaf zu haben scheint. Ausgelaugt und erschöpft. Das gefällt Heike und Jens gar nicht. Sie wissen aber auch keine Erklärung, infolgedessen auch keine Abhilfe.

Im Frühherbst bekommen sie dann überraschenden Besuch. Heikes beste Schulfreundin Birthe, die seit vielen Jahren in der Nähe von Wiesbaden lebt, wohin sie die Liebe verschlagen hat, kommt für einen Tag mit ihrem Ehemann Hermann aus einer Ferienwohnung am Meer herüber. Birthe ist Förderschullehrerin. Hermann ist in seinem Hauptberuf Physiotherapeut, hat sich aber als Heilpraktiker ausbilden lassen und betreibt nun schon seit Jahren nebenberuflich eine kleine Praxis. Beide haben eine Menge Fragen zu den Pflegekindern. So kommt auch die Sprache auf die nächtlichen Unruhen des kleinen Norbert. Hermann wird stutzig, als er erfährt, dass diese solche Erschöpfungsfolgen haben und pünktlich jede Nacht auftreten.

„Ich hole gerade mal was aus dem Auto." Zurück kommt er mit einer Schatulle, in der ein seltsames Gerät verpackt ist, und einem niedrigen Karton mit vielen kleinen Fläschchen. Da er erfahren hat, dass Norbert ganz besonders entspannt ist, wenn Jens ihn auf dem Arm hat, muss dieser in nun nehmen. Das seltsame Gerät wird an einer freien Steckdose mit Strom versorgt. Dann nimmt Hermann eine kleine Sonde, die mit einem langen dünnen Kabel mit dem Gerät verbunden ist, und berührt damit eine Fingerspitze des kleinen Kerlchens. Prompt fängt das Gerät an, einen leisen Pfeifton erklingen zu lassen. Norbert schmunzelt, der Ton macht ihm Spaß. Nun stellt Hermann nacheinander je ein kleines Fläschchen auf die Oberfläche des Gerätes, etwa dreißig Stück. Fast immer ertönt dann bei Fingerberührung das Pfeifen, lediglich bei vieren nur ganz zart und bei einem fast gar nicht. Nun stellt er diese fünf noch einmal gemeinsam auf die Deckplatte. Und siehe da, das Pfeifen bleibt völlig aus.

„So, Heike, von diesen Flüssigkeiten gib je drei Tropfen in eine Spritze mit Wasser und gib ihm das durch den Button. Am besten, wenn du sowieso morgens nach dem Füttern der Button nachspülst. Das machst du doch sicherlich?" „Natürlich. Morgens, mittags und abends bekommt er nach dem Füttern eine Spülung." „Na also, dann ist das ja ganz einfach." „Und was bitte sind das für Tropfen?" „Bachblüten. Das ist eine alternative Therapieform, mit der ich gute Erfahrungen habe, obwohl - wie bei manchem, was gut ist - nicht richtig erklärbar ist, warum." Er stellt fünf noch original verschlossene Fläschchen auf den Tisch. „Und was kriegst du nun dafür?" Jens ist über die Antwort erstaunt. „Fünfunddreißig Euro, sieben pro Pulle."

Ein wenig erheitert es den Heilpraktiker, dass beide Stuppes spürbar seinem „Hokuspokus", wie er selbst das Verfahren nennt, etwas misstrauen. Aber die Zeit belehrt sie eines Besseren. Bereits nach zwei Wochen schläft Norbert zum ersten Mal durch. Und, welche Freude, es kommt bald häufiger vor. Sofern er dann morgens manchmal noch schläft, wenn seine Eltern nach ihm schauen, erkennen die beglückt, dass er nun auch ganz entspannt ist - bis zum Aufwachen. Das ist ein großer Fortschritt, und für den Kleinen sichtlich eine weitere Entlastung, mag die Uhr ruhig ticken.

Erste Krise

Im Norden gibt es selten dicken Schnee. Aber genau an einem Abend, an dem nun tatsächlich etwa zwanzig Zentimeter weiße Pracht das Land verhüllt hat, entwickelt Norbert erstmals ein besorgniserregendes Allgemeinbild. Es ist ein ständiger Bewegungsablauf wie der Mororeflex, der fast eine Viertelstunde lang den kleinen Mann in fast identischer Weise wieder und wieder in eine höchst eigenartige Position bringt. Füße nach oben gereckt, Arme nach oben gestreckt. Seltsamer Weise aber völlig locker und unverkrampft. Er ist dabei aber unzufrieden, diese Sache strengt ihn sichtlich an. Plötzlich, wie der Reflex eingesetzt hat, ist dann das Ganze wieder vorbei. Eines aber ist klar, ein Krampf war das nicht.

Benno Klostermann, mit dem Heike das Ganze telefonisch bespricht, empfiehlt nun sofort eine Klinikeinweisung. Heike will sich jedoch noch bei der Ärztin im Zentrum rückversichern, die aber auch sofort von einem Krankenhausaufenthalt spricht. Einen solchen wollen aber Heike und Jens möglichst vermeiden. Erstens wegen des Schneefalles, zweitens wegen Norbert selbst, um seine Zufriedenheit nicht zu stören und drittens, weil der seltsame Effekt gar nicht wiederkehrt. Um die Ärztin ein Wenig zu beruhigen, verspricht Heike, in Kürze eine ambulant durchführbare Computer-Tomographie, kurz CT, erledigen zu lassen. Das berichtet sie dann noch Klostermann, dem diese Entscheidung der

Pflegeeltern große Sorgen macht, obwohl er sie auch versteht.

Als der CT-Termin herangekommen ist, gibt es keinen Schnee mehr in der Marsch. Die Aufnahmen zu bekommen, fällt dem Facharzt reichlich schwer. Er muss dabei den Mund halten, sonst grinst Klein-Norbert oder zappelt herum. Doch dann ist es geschafft. Das Tomogramm zeigt nun klar und deutlich, dass Norbert überhaupt kein Kleinhirn besitzt, dass der „Balken" verformt ist und das Großhirn beiderseits zu klein. Der Arzt ist völlig verblüfft. Etwas Ähnliches hat er noch niemals gesehen. Natürlich schickt er die Bilder sogleich ins Kinderzentrum. Die Ärztin zeigt, wie sie später Stuppes berichtet, diese Bilder sofort dem Leiter des Zentrums. Der erfahrene Kinderarzt und Neurologe staunt. Auch er hat dergleichen noch nie gesehen. Aber immerhin erklären sich jetzt die Schaltfehler im Steuerzentrum der Bewegungen des kleinen Kerlchens.

Die Ärztin bittet zum Gespräch. „Sie werden sich darauf einstellen müssen, dass immer einmal wieder Folgen überraschender Steuerungsfehler in Norberts Organismus auftreten werden. Mal im Bewegungsapparat, mal im Stoffwechsel, keiner kann da Voraussagen treffen. Sicher ist nur, lange kann er so nicht mehr leben." Stuppes, die beide mit dem Kleinen zum Gespräch gekommen sind, nicken. Dass die Uhr tickt, ist schließlich etwas, worauf sie von Anfang an eingestellt sind. Aber solange der doch zumeist fröhliche kleine Mann die Familie bereichert, wollen sie das genießen und auch ihm ein gutes Leben bieten. Zu Hause setzt sich Jens am Wochenende an seinen Computer und schreibt auf, was ihn und Heike bewegt:

„Brief an unser Pflegekind

Mein lieber Kleinster,

dieser Brief, den ich hier schreibe, entsteht nur für Dich, Deine Pflegefamilie und vielleicht Andere, die ihn lesen können. Du selbst kannst das nicht. Du wirst es auch nie können, weil Du blind bist. Wahrscheinlich wirst Du ihn noch nicht einmal verstehen, wenn Du älter geworden bist und einer ihn Dir vorliest. Wir können kaum damit rechnen. Vor wenigen Tagen haben wir Dein Gehirn gesehen. Mit Hilfe eines Computer-Tomogramms. Dieses CT ist übrigens der eigentliche Anlass für diesen Brief. Wir wissen jetzt, dass Du kein Kleinhirn hast, dass der Balken stark deformiert und das Stammhirn ebenso zu klein wie auch deformiert geblieben ist. Mit diesem Schädelinhalt dürftest Du keine übermäßigen Lernchancen haben; und sehr alt werden wirst Du wahrscheinlich nicht.

Jedoch: Du bist da. Du bist ein Menschlein von Fleisch und Blut, ein Kerlchen mit den erstaunlichsten Regungen. Als wir Dich kennenlernten, hast Du in einem Krankenhausbettchen gelegen, das für Dich viel zu groß war. Platt wie eine Flunder hattest Du die Ärmchen und Beinchen von Dir gestreckt. Es sah aus, als bestündest Du nur aus einer breiten Nase und zwei festen kleinen Fäustchen. Obwohl Du gerade sechs Monate alt warst, hattest Du schon sieben Krankenhausaufenthalte hinter Dir - in vier verschiedenen Fachkliniken. An Deinen

Leistenbrüchen und an Deinem Herzchen hatten verschiedene Spezialisten herum operiert. Deine Augen waren sorgsam untersucht worden.

Ernst warst Du, sehr ernst. Und man konnte sehen, dass Du Durst und Hunger hattest. Die nette Schwester und die müden jungen Ärzte erklärten uns freundlich, dass es fast unmöglich sei, Dich zu ernähren. Dein Oberarzt äußerte die Angst, Du könntest bald ausgetrocknet und damit am Ende sein. Eine Woche später warst Du bei uns, eine Super-Sozialarbeiterin hatte das zustande gebracht. Viele Deiner Probleme kannten wir schon von vorherigen Pflegekindern, doch mit Dir haben wir Erlebnisse gehabt, die Ihresgleichen suchen. Nächte haben wir uns um die Ohren geschlagen, Hunderte von Kilometern verfahren, heilpraktische und medizinische Methoden gesucht und gefunden. Wir haben unsere Ärzte um den Schlaf gebracht, weil wir uns geweigert haben, Dich sofort in die Kinderklinik einzuliefern, als es lebensgefährlich zu werden schien. Wir haben Dich mit einer Magendirektsonde versorgen lassen, damit wir Dich geregelt ernähren können. Wir lassen Dich mit Bachblüten behandeln. Du hast, für Dich als Einzelstück, eine Kinderwagensitzliegeautotransportschale erfunden bekommen.

Das alles aber ist gar nichts gegenüber dem, was alles Du inzwischen zurückgegeben hast. Du bist eines der fröhlichsten Kinder, das wir jemals erlebt haben. Dein behagliches Schmunzeln, mit dem Du die Nähe eines vertrauten Menschen beantwortest, Deine Tönchen, die uns mitteilen, dass Du gerne lebst, sowie Deine körperliche Entwicklung zu einem ansprechenden und geradezu charmanten kleinen Jungen belohnen uns mit einem Vielfachen dessen, was Du von uns je erhalten könntest. Hast Du Kummer oder Zorn, Schmerzen oder anderes Unbehagen, inzwischen verstehen wir, wenn Du uns das mitteilen willst. So konnten wir lernen, dass Du nicht gerne alleine bist. Dein Wohnbett in unserem Wohnbereich hat dieses Problem für den Tag gelöst, nachts sollst Du schlafen. Eines schönen Tages wirst Du auch das gelernt haben. Einstweilen beschimpfst Du uns noch mache Nacht gegen vier Uhr. Du kennst eben nicht den Unterschied zwischen hell und dunkel.

Mutti und ich haben es jetzt beim Durchlesen bemerkt: Eine richtige Liebeserklärung an Dich ist das geworden. Wir wissen es: Du bist das Beste, was uns für die letzten Jahre unseres Pflegeelterndaseins widerfahren konnte. Dafür danken wir Dir von Herzen"

PEG-Probleme

Die regelmäßigen Fütterungsaktionen, über den Tag verteilt alle drei Stunden, sind der größte Aufwand für Norbert, weil sie durch die festen Zeiten den Planungsraum seiner Pflegeeltern stark einschränken. Die korrekte Menge Sondennahrung anzuwärmen, den immer schwieriger werdenden Fütterungsversuch durch den Mund zu erledigen und dann ganz langsam mit einer sogenannten Blasenspritze, die fast die Hälfte einer Mahlzeit fasst, die Nahrung durch die PEG in den Magen zu befördern, kostet jeweils viel Zeit und Konzentration. Und dann kommt das Wochenende, an dem Norbert nicht nur das Schlucken völlig verweigert, sondern auch kurz nach der zweiten Fütteraktion des Samstags einen blutigen Schleimpfropf spuckt, der sich sichtlich in der Speiseröhre gebildet hat.

Natürlich am Wochenende, an dem der Hausarzt Klostermann nicht erreichbar ist. Heike greift zum Telefon und ruft in ihrer Not ihren Vetter an. Der ist Anästhesist und arbeitet an einer Klinik in Berlin. Und sie hat Glück, er ist zu Hause. Nach einer kurzen Schilderung des Vorganges muss Heike ihm einige Fragen beantworten. Dann rät er, erstens dem kleinen Kerl den Bauch zu kühlen. Das müsse relativ schnell gegen die offensichtliche Magenschleimhautreizung wirken. Zweitens solle ihm Heike direkt am Montag ein lösliches Magenschutzmedikament verschreiben lassen, um den sichtlichen Ösophagus auszubremsen. „Das ist das, was man landläufig Sodbrennen nennt und ganz häufig bei Sondenernährten auftritt, weil das Ventil am Mageneingang allmählich erschlafft."

„Du redest von Kühlung. Ist es vielleicht falsch, dass wir die Sondennahrung erwärmen, bevor er sie bekommt?"
„Da hast du völlig recht. Leider vergessen die Ärzte oft, das in der Beratung anzusprechen. Macht doch Folgendes: Lasst Euch vom Sondennahrungs-Lieferanten eine feste Beratung ins Haus schicken. Das sind speziell weitergebildete Pflegekräfte, die solche wichtigen Dinge wissen und euch dahingehend beraten können. Auch in der Stomapflege sind die sehr gut." Die empfohlene Kühlung bringt nun zuerst einmal Ruhe. Norbert schläft schnell ein, also ist ein etwaiger Schmerz nun weg oder zumindest schwächer.

Die Apotheke, über die bisher die Sondennahrung bestellt, dann aber direkt vom Hersteller ausgeliefert wurde, organisiert sofort die Beratungsbesuche durch die regional zuständige Schwester dieses Herstellers. Diese Schwester ist eine unerwartet fröhliche und patente junge Dame, die sich munter selbst als „Suppenschwester" bezeichnet. Bereits ihr erster Besuch, der fast eine geschlagene Stunde dauert, bringt eine ganze Menge wichtiger Informationen. Sie bestätigt, dass die Sondennahrung in Zimmerwärme in den Magen muss. Sie berechnet den Flüssigkeits- und Kalorienbedarf Norberts und plant, in etwa einem halben Jahr zur nächsten Nahrungsstufe zu wechseln. Eher noch später.

Das hätte eigentlich schon eine ganze Zeit früher geschehen können, bei der Enzwicklungsverzögerung des kleinen Burschen hält sie das aber so für sinnvoll.

Schließlich rät sie, nun die Versuche, Norbert über den Mund zu füttern, völlig einzustellen. Das sei für ihn ja nur noch eine Belastung, und man müsse ihn doch nicht quälen. Damit sei es nun auch an der Zeit, die Fütterung automatisch durchzuführen, also eine Nahrungspumpe durch die Krankenkasse bezahlen zu lassen und sich selbst vom zeitlichen Zwang zu befreien. Diese Methode war den beiden Stuppes überhaupt nicht bekannt. Um ihnen eine Versuchsmöglichkeit zu schaffen, geht die Schwester an ihr Auto und holt eine fabrikneue Pumpe samt einem Paket dünner Zugangsschläuche, sogenannter Applikationsmittel. Das sei nun vorerst ein Leihgerät, das aber das Eigentum des kleinen Kerlchens werden könne, wenn die Verschreibung von der Kasse akzeptiert werde. Dies aber sei sicherlich nur eine Formsache.

Zum Schluss wird eine regelmäßige Monatslieferung von Nahrung und Applikationsmitteln vereinbart. Letztere werden direkt am einen Ende an die Nahrungsbeutel, am anderen Ende am Button angedockt und durch die Pumpe geführt. Die Apotheke habe nun mit der Sache nichts mehr zu tun, bekomme aber regelmäßig eine kleine Vermittlungsprovision. Und in festen Abständen werde sie selbst zu Besuch kommen, um die Nahrung und die Applikationsmittel anzuliefern, den jeweiligen Stand der Dinge zu sehen und einen etwaigen Beratungsbedarf abzudecken. Als sie sich verabschiedet, hinterlässt sie eine erheblich erleichterte Familie.

Nun muss vorerst nur alle nicht mehr drei, sondern zwei Stunden die Pumpe angeschlossen werden. Aber auch das fällt nach zwei Tagen flach, weil Stuppes, dem Rat der Schwester folgend, den Schlauch durch ein Hosenbein führen, um damit einen für Norberts Händchen unerreichbaren Dauerzugang zum Button zu schaffen. Da kann die Pumpe angeschlossen bleiben und per Programmierung pünktlich arbeiten.

Aber auch die Schwester hat etwas gelernt. Sie hat den toll gepflegten Rand des Stomas bewundert, vermisst aber ein Schutzpflaster oder ein Stück Verbandmull unter dem Button. So erfährt sie, dass Stuppes diesen Rand nur mit einer dermatologisch erprobten Heilsalbe zu pflegen begonnen haben, als die empfohlene Wundpflege zu stark die Haut aufweichte.

Doch noch das Herz?

Das hat sich alles bald sehr gut eingespielt. Norbert ist nun fast altersentsprechend groß, ein schlanker aber kräftiger kleiner Junge und gewöhnlich bestens gelaunt. Stuppes sind am Überlegen, ob sie den Kleinen jetzt auch im Kindergarten der Lebenshilfe anmelden sollten, den die beiden Älteren besuchen. Wiebke ja schon nicht mehr, sie ist im Sommer dort Schulkind geworden. Doch zuvor ereignet sich eine unerwartete erschreckende Angelegenheit. Norbert liegt eines Morgens ganz apathisch in seinem großen Bett. Er reagiert kaum auf Ansprache und ist am ganzen Körper, der sonst so straff und kräftig ist, regelrecht schlaff. Der Hausarzt ordnet per Telefon sofort an, den Notruf zu wählen und notärztliche Hilfe zu erbitten.

Die Notärztin hängt den kleinen Kerl an das EKG-Gerät im Rettungswagen und stellt verwundert fest, dass das kleine Herzchen völlig korrekt arbeitet. Sofort äußert sie den Verdacht, dass irgendein wichtiger Bestandteil im Blut fehlen müsse, der sogar ganz spontan verloren gegangen sein könne. Sie nimmt eine Blutprobe für das Labor mit, lässt Norbert aber zu Hause. „Noch mehr Stress könnte jetzt tödlich sein." Noch vor Mittag kommt ein Anruf aus der Hausarztpraxis. Die Ärztin habe mitgeteilt, Norbert leide an hochgradigem Eisenmangel und müsse sofort medikamentös Eisen zugeführt bekommen. Heike eilt mit dem Auto zur Praxis, holt sich das Rezept, fährt weiter zur Apotheke und bekommt dort ein flüssiges Präparat, das sie Norbert über seine PEG zuführen kann.

Diese Therapie wirkt schneller als erwartet. Schon nach drei Tagen wird der Kleine allmählich wieder lebendiger, und nach zwei Wochen ist er wieder der alte fröhliche Bursche. Der Hausarzt Benno Klostermann erklärt den verblüfften Eltern, dass es solche plötzlichen Abstürze des Eisengehaltes durch innere Blutungen geben könne, aber manchmal auch aus völlig ungeklärter Ursache. Und so sei das wohl hier wegen des Hirnschadens. Jetzt wird das Präparat in geringerer Dosis weiterhin verabreicht, aber völlig auf Dauer. Stuppes und ihr Arzt sind heilfroh, dass die Ursache der vorübergehenden Schwäche Norberts nicht das Herzchen, sondern eben der Eisenmangel gewesen ist. Also wieder einmal: noch tickt die Uhr.

Kindergarten?

Nun also sind die Fragen zu klären, ob erstens der Kindergarten der Lebenshilfe den Besuch des kleinen Norbert bewältigen kann, zweitens aber auch, ob dieser die werktägliche Fahrt von knapp zwanzig Kilometern je Weg und den Aufenthalt in einer Kindergartengruppe durchstehen wird. Auf eine entsprechende Voranfrage hin, die durch ein Ferngespräch mit der Leiterin der Einrichtung erledigt werden kann, kommt deren Stellvertreter einige Tage später zu Stuppes ins Haus. Jens hat sich dazu einen halben freien Tag einrichten können, er hat genügend Überstunden abzufeiern. Dieser besonnene Erzieher beobachtet eine ganze Zeit lang den kleinen Kerl, stellt dann eine ganze Menge Fragen zur Lebens- und Krankheitsgeschichte Norberts und lässt sich schließlich genau zeigen, wie sich dieser in seiner Sitzschale positionieren und sichern lässt.

Im Ergebnis kommt eine Vereinbarung zustande, dass zuerst einmal eine Versuchswoche gestartet wird. Die pflegerischen Kapazitäten des Kindergartens werden Norberts Bedarf sicherlich abdecken können. Auch der sichere Transport im Behinderten-Transport-Fahrzeug der Lebenshilfe müsste ohne Schwierigkeiten machbar sein. Die Schale wird umgesetzt und als Autokindersitz verwendet, aber nicht so in Liegeposition, wie das Stuppes machen. Unkalkulierbar bleibt vorerst, wie Norbert mit diesem Allem zurechtkommen wird. Deshalb dürfte diese Versuchswoche sinnvoll sein.

Stuppes sind froh, dass Norbert in die Gruppe kommen soll, die vom Stellvertreter geleitet wird. Sie haben nämlich beobachtet, dass der kleine Kerl auch auf dessen Stimme, wie bisher auf alle Männerstimmen, äußerst positiv und vergnügt reagiert hat. In den anderen Gruppen arbeiten hauptamtlich nur Frauen. Höchstens ein „Bufdi" (Bundesfreiwilligendienst Leistender) ist dort - auf Zeit jeweils - auch schon einmal als männlicher Helfer.

Bereits die Beförderung des Kleinen im Bus der Lebenshilfe bringt eine Überraschung. Norbert scheint es gut zu gefallen, dass um ihn herum mehrere Kinder und Jugendliche einige muntere Geräusche machen, außerdem, dass die Fahrerin offensichtlich den gleichen Musikgeschmack hat wie er. Und auf dem Rückweg vom Kindergarten nach Hause schläft er fast die ganze Zeit. In der Kindergruppe lassen ihn die Erzieherinnen und der Gruppenleiter zuerst einmal ganz in Ruhe. Er sitzt in seiner Schale inmitten der ganzen munteren Gesellschaft und verfolgt sichtlich aufmerksam, was um ihn herum geschieht. Schnell hat das Personal verstanden, dass er sich am liebsten vom Gruppenleiter wickeln lässt. Kein Wunder, wieder ist sein Favorit der Mann. Aber nichts gefällt ihm besser als das gemeinsame Singen der Erwachsenen und der Kinder.

Die Fahrdienstleiterin der Lebenshilfe ist fast gleichzeitig zu einem Lehrgang des TÜV außer Haus. Als sie wieder an ihrem Arbeitsplatz ist, führt sie im Sinne des neu

Erlernten eine Kontrollwoche durch, in der sie nach und nach alle Busse und Taxis bei morgendlicher Ankunft daraufhin durchsieht, ob jedes transportierte Kind nach den gesetzlichen Vorschriften sicher fixiert ist. Da gibt es den einen oder anderen Korrekturbedarf. Auch bei Norbert. Seine Sitzschale hat keine Sonderzulassung als Autokindersitz, also ist die bisherige Art der Beförderung gar nicht erlaubt.

Zwei Korrekturmöglichkeiten stehen zur Wahl. Entweder bleibt die Schale auf dem Fahrgestell, und Norberts ganzes Fuhrwerk wird auf einem Rollstuhl-Transportplatz regelkonform fixiert. Oder aber Familie Stuppe besorgt ein ärztliches Attest, dass Norbert in seiner Sitzschale transportiert werden muss. Das Sanitätshaus rüstet zwei Gurtführungen nach und bestätigt schriftlich, dass die statische Festigkeit der Schalenkonstruktion der eines geprüften serienmäßigen Autokindersitzes entspricht. Die Fahrdienstleiterin hält letztere Möglichkeit für die erheblich bessere, weil ihr das Fahrgestell der Schale nicht ganz so stabil erscheint, wie die sonst transportierten Rollstühle. Außerdem findet sie die Anlehnung der Schale an die Lehne der Sitzbank erheblich solider als ein Freistehen.

Jens klärt das sofort mit dem Sanitätshaus und dem Hausarzt. Das Personal der Arztpraxis findet sogar eine Musterformulierung für das Attest in einer Infobroschüre des TÜV. Also kommt dieses ärztliche Schreiben noch am selben Tag zustande. Auf fast die gleiche Weise

43

kommt das Sanitätshaus zu seiner Formulierung und schickt gleich am Folgetag seinen Rehaspezialisten in den Kindergarten, um dort die Schale mit den verlangten Gurtführungen nach den Angaben des Herstellers derselben auszurüsten. Von jetzt an reist der Kleine entsprechend rechtlicher Vorgaben täglich zur Lebenshilfe und zurück. Nun ist er ein Kindergartenkind.

Die Pflegeversicherung

Alles, was notwendig ist, den kleinen Kerl zu versorgen, zu bewachen und zu pflegen, kostet trotz aller medizin- und rehatechnischen Unterstützung eine Menge Arbeit und Geld. Und nicht nur der Aufwand für Norbert ist groß, auch Wiebke und Lukas benötigen einen recht großen Einsatz. Ohne die Helferin Marlies, die eigentlich als Haushaltshilfe eingestellt worden ist, aber vor keiner Aufgabe zurück schreckt, wäre es manchmal zeitlich recht eng. Und finanziell ist es eine Erleichterung, dass Jens so gut verdient, sonst wäre Manches an Ausstattung gar nicht machbar gewesen.

Nun wird seit dem 1. Januar 1995 ein Beitrag in eine neue Versicherungsform gezahlt, die Pflegeversicherung. Und ab dem 1. April können Leistungen für die häusliche Pflege beansprucht werden. Jens hat natürlich gleich Anfang Januar für alle drei Kinder die entsprechenden Anträge gestellt. Mit diesen Mitteln und der Hilfe zur Erziehung vom Jugendamt sollten zukünftig alle nötigen Aufwendungen zu leisten sein. Der Medizinische Dienst der gesetzlichen Krankenkassen, kurz MDK, wie auch der entsprechende Dienst der privaten Versicherer mussten ihr Personal ordentlich aufstocken, um nun die Hausbesuche zur korrekten Bedarfsbeurteilung und Einstufung der Pflegebedürftigen landauf landab in verantwortbarer Zeit leisten zu können.

Für Wiebke kommt eine Krankenschwester, für Lukas ein Pfleger und für Norbert sogar eine Ärztin, um diese Aufgabe zu erledigen. Da Jens rechtzeitig die Anträge gestellt hat, werden die Pflegegelder für alle drei ab April tatsächlich bezahlt, und Heike bekommt Leistungen in die Rentenkasse, Marlies ebenso. Das ist ein echter Fortschritt, weil es nun regelmäßige Zahlungen gibt, mit denen kalkuliert werden kann, und weil die Frauen damit jetzt auch ihre schon erworbenen Rentenanwartschaften aus früheren Beschäftigungsverhältnissen aufstocken können. Marlies ist nun nicht mehr Arbeitnehmerin bei Stuppes, sondern offizielle Pflegeperson. Und selbst wieder über ihren Mann in der Familienversicherung seiner Krankenkasse versichert.

Tag oder Nacht?

Norbert ist inzwischen knapp über vier Jahre alt. Die Prognosen der Ärzte haben ihn zu dieser Zeit schon im Grab gesehen. Er aber wird immer lebendiger. Wenn er in seiner Sitzschale sogfältig fixiert am Tagesgeschehen teilnimmt, wirkt er ruhig und konzentriert. Sobald er aber nachmittags nach seiner Heimkehr „befreit" und in sein großes Bett gebracht worden ist, hat er zuerst einen heftigen Bewegungsdrang. Mindestens eine halbe Stunde lang spielt er Laubfrosch. Das ganze Kind ist in Bewegung. Und sichtlich sehr glücklich damit. Manchmal lacht er sogar laut. Ist dann seine Energie verpufft, liegt er zufrieden auf dem Rücken und lauscht seinem Radiosender. Sein Schlafrhythmus ist viel gleichmäßiger geworden als noch wenige Monate zuvor. Etwa gegen zweiundzwanzig Uhr schläft er ein. Gegen vier Uhr hört man ihn manchmal leise lachen, da ist er dann doch wieder für einige Zeit wach. Aber halt völlig zufrieden. Und gegen sechs Uhr ist es dann mit dem Schlaf genug gewesen.

Im Kindergarten findet aus verschiedenen Gründen derzeit öfter ein Personalwechsel in Norberts Gruppe statt. Als schließlich der Gruppenleiter Elternzeit beansprucht, scheinen die Verantwortlichen vor allem mit dem Handling der Ernährungspumpe und des Zugangsschlauches zur PEG überfordert. Heike kommt deshalb auf einen etwas ungewöhnlichen Gedanken zur Problemlösung. Sie schlägt ihrem Mann vor, die

Ernährungszeit auf die Nacht zu verschieben und damit das Personal der Lebenshilfe von dieser sichtlich schwierigen Sache zu entlasten. Wenige Tage später kommt die Ernährungsschwester ohnehin zu Besuch, da kann man das besprechen.

Silke Herbst, so heißt die „Suppenschwester", findet diesen Gedanken sehr gut. Da Norbert in einem großen Schlafsack schläft, deren mehrere Stuppes bei einer Fachschneiderei für behinderte Menschen erworben haben, plant sie nun mit Heike zusammen eine Durchführung des Applikationsschlauchs durch das Unterende der Reißverschlussöffnung auf der Vorderseite des Schlafsacks. An diesem Tag kommen sich die beiden Frauen so nah, dass Heike der Schwester das „Du" anbietet. Die könnte vom Alter her ihre Tochter sein und freut sich herzlich über dieses Angebot. Der Umschwung auf Nachtfütterung wird in zwei Etappen vorgenommen, damit Norbert mit vorübergehenden Hungerzeiten gut klar kommt. Sie machen das am Wochenende, und schon reist Norbert am Montagmorgen ohne Nahrungspumpe und Schlauchgewirre in den Kindergarten. Das Personal ist dankbar für diese Erleichterung.

Zwei Wochen später passiert dann, was sich weder Heike und Jens Stuppe noch Silke Herbst hatten vorstellen können. Norbert liegt morgens in einem kleinen See aus Sondennahrung. Er hat irgendwann in der Nacht den Applikationsschlauch so mit einem Fuß zu fassen bekommen - wohl in Schleifen -, dass er den Button strampelnd aus dem Stoma herausgerissen hat. Heike gerät in Panik, weiß sie doch, dass sich das Stoma relativ schnell spontan verschließen kann. Jens indessen behält die Nerven, schießt erst einmal zwei, drei Fotos. Dann macht er den Button wieder einführungsfähig durch Entleeren des Mageninnenbällchens, stößt zuerst vorsichtig eine Knopfkanüle durch das Stoma und kann dann tatsächlich auch den Button wieder einsetzen. Daraufhin erfinden Stuppes den praktischen Spezialschlafsack mit Sondenschlauchführung.

Neues für die Fachfrau

Beim nächsten Besuch Silkes zeigt Heike ihr das Ergebnis ihrer Erfindung. Sie hat den zu öffnenden Bereich des Schlafsacks im Bereich ab Hüfthöhe abwärts bis zum Ende mit einem weichen Stoff locker von innen verschlossen. So liegt nun der Applikationsschlauch zwischen dieser Stoffbrücke und dem geschlossenen Reißverschluss. Jetzt kann Norbert mit den Beinen und Füßen im Schlafsack herum wirken wie er will, er wird den Schlauch nicht zu fassen bekommen. Silke ist hellauf von dieser Lösung begeistert. Und gemütlich wie sonst nie. „Heute habe ich mal richtig Zeit. Ihr seid die letzten auf meiner Reiseroute, anschließend fahre ich nach Hause. Und dann ist Wochenende."

Sofort hat Heike einige frisch frittierte Berliner auf dem Tisch und natürlich ordentlich Kaffee. Den bekommt Silke sowieso bei jedem Besuch. Als Heike schnell vier Gedecke auf den Tisch bringt, fragt Silke erstaunt: „Kommt nicht nur dein Mann Jens gleich nach Hause?" „Nein, gleich kommt auch unser Jüngster. Hie und da muss Mutti doch einige Wäsche waschen und einige andere Dinge für den Herrn Sohn erledigen. Unser Junggeselle feiert dazu heute ein paar Überstunden ab. - Sieh an, wenn man von ihm spricht! Jetzt ist gerade sein heiliger alter Porsche in den Hof gekommen, der Sound ist unüberhörbar. Jens kommt sicher auch bald." Schon kommt der erste Ankömmling in die Diele. Er verpasst seiner Mutter ein freundliches Küsschen auf die Wange, dann wendet er sich zu dem fremden Gast.

„Moin, ich bin der Michi. Und wer bist du?" Wie in dieser Generation zumeist üblich duzt er Silke sofort. „Moin, Michi, ich bin die Silke, ich bin Norberts Suppenschwester." Michael grinst, längst haben ihm seine Eltern von der Beratungsschwester und ihrer selbst gewählten Bezeichnung berichtet. „Schön, dich mal hier zu erleben. Meine Eltern haben dich schon in den höchsten Tönen gelobt."

Während Heike schnell die Waschmaschine für die Wäsche des Sohnes anwirft, möchte Michael nun wissen, wo Silke herkommt, wie groß ihr Verantwortungsbereich ist und allerlei Weiteres. „Das ist schnell erzählt. Ich bin in einem Dörfchen der Gemeinde Loxstedt aufgewachsen, habe nach meiner Ausbildung in Bremen kurz in Bremerhaven auf der Inneren im Klinikum Reinkenheide gearbeitet und bin seit gut drei Jahren im Außendienst, zuständig für den Nordwesten der Republik. Seit dem Ausbildungsende wohne ich auch wieder in meinem Heimatdorf, hinter meinem Elternhaus, mit viel Raum im Häuschen meiner verstorbenen Großeltern."

„Dann bist du der einzige Mensch, der mit dem Auto über den Heckenwg zu seiner Wohnung kommt, sonst stoßen da nur Gärten dran." Silke ist, wie auch die gerade zurückgekehrte Heike, völlig verdutzt. „Das stimmt, aber woher weißt du das?" „Ich habe mich draußen schon gefragt, woher kennst du das Auto mit den kleinen Firmenlogos auf den Türen? Jetzt ist das klar. Das sehe ich schließlich jeden Tag beim Rasieren aus meinem Badezimmerfensterchen. Ich wohne nämlich, seit ich in Bremerhaven arbeite, bei Erna Bowenschulte in ihrer möblierten ‚Monteurwohnung‘ zur Miete. Unsere Ausfahrt ist ja auf der anderen Seite zur Hauptstraße hin. So wie die deiner Eltern zur parallelen Straße Richtung Neusiedlung." Das allseitige Erstaunen ist groß. Welch ein Zufall. Nun kommt auch Jens nach Hause und erfährt erheitert von dieser zufälligen Nachbarschaft.

Silke nimmt sich heute ungewöhnlich viel Zeit. Nachdem die Gespräche fast zwei Stunden gedauert haben, lädt Heike sie kurzerhand zum Abendessen ein. „Das finde ich richtig lieb. Ich hocke abends oft allein. Mit meinen Eltern habe ich zwar ein gutes Verhältnis, wenn die aber abends aus Bremerhaven von ihrem Schreibwaren- und Bücherladen zurück kommen, sind die so müde, dass ich ihnen auf den Wecker fallen würde. So bleibe ich lieber bei mir. Außer ich bin zum Sport unterwegs." „Und welchen Sport betreibst du?" „Bodenturnen, seit Kindertagen." Aha, denkt sich Michael, deshalb siehst du auch so toll aus, Mädchen.

Bis Silke sich verabschiedet, ist es nach zwanzig Uhr geworden. Stuppes sind einigermaßen verblüfft. Das gab es noch nie. Michael wartet nicht nur wie stets, bis seine Wäsche im Trockner schrankfertig ist, sondern hilft auch noch schnell seinem Vater beim Fertigmachen seiner Pflegegeschwister zur Nachtruhe. Etwa dann gegen einundzwanzig Uhr brummelt auch sein Porsche aus der Einfahrt.

Gesprächsbedarf

Norbert bekommt immer noch die Sondennahrung, die er von Anfang an gut vertragen hat. Doch sollte eigentlich schon seit einiger Zeit Folgenahrung für größere Kinder und Jugendliche gefüttert werden. Nachdem dieser Plan bei Silkes langem Besuch vor lauter anderen Themen nicht besprochen worden ist, will Heike das beim nächsten Beratungsgespräch mit Silke klären. Der ist das aber sichtlich selbst schon eingefallen. Knapp zwei Wochen später ruft sie am Donnerstagabend an und fragt, ob sie ausnahmsweise am Samstag früh kommen dürfe, so gegen zehn Uhr. Sie wolle die vergessene Nahrungsanpassung besprechen und habe ohnehin „etwas Privates auf der anderen Weserseite zu erledigen, bei euch in der Gegend." Natürlich ist sie willkommen.

Schlag Zehn kommt dann auch tatsächlich ein Auto auf Stuppes Zuweg herangefahren. Das ist aber nicht Silkes Dienstkombi sondern Michaels Porsche. Und auf dem Beifahrersitz sitzt Silke Herbst, die Suppenschwester. Überrascht öffnet Jens die Haustür und sieht seinen Jüngsten flink zur Beifahrertür eilen, diese zügig öffnen und Silke galant auf die Füße helfen. Der Dank dafür ist ein inniger Kuss. „Na, das ist ja eine Überraschung! Willkommen, ihr Beiden. Das müsst ihr uns erzählen, wie das gekommen ist." Nun ist auch Heike herzugekommen, der ein kurzer Blick genügt, um diese neue Situation zu begreifen. „Jetzt kommt erst einmal ins Haus."

Nachdem schnell das Nahrungsproblem abgehandelt ist, es soll nicht noch einmal vergessen gehen, berichtet nun Michael von den vergangenen beiden Wochen. „Als ich vor vierzehn Tagen abends gegen halb Zehn von hier nach Hause kam, musste ich erst mal zur Toilette. Ein Blick aus meinem Fensterchen zeigte mir, dass Silke zwei ganze Paletten mit Kartons vom Hersteller der Nahrung und des Zubehörs bekommen hatte. Sichtlich ohne große Begeisterung hatte sie sich dran gemacht, diese Kartons in einen dafür vorgesehenen Raum in ihr Haus zu schaffen. Die hatten wohl schon den halben Tag draußen herum gestanden. Ich konnte doch das arme Mädchen nicht alleine schuften lassen.

Also bin ich schnell in den Garten meiner Vermieterin, durch das kleine Gartentürchen zum Heckenweg raus, rüber zu Silke und habe wortlos mit angepackt. Als wir schließlich die leeren Paletten hinterm Häuschen untergebracht hatten, strahlte sie mich an und meinte, nun hätte ich mir einen Gutenacht-Trunk verdient. Als sie in der Wohnküche zwei Flaschen Bier aus ihrem Kühlschrank gefischt hatte und sich zu mir umdrehte, war sie ein bisschen zu schnell und wackelte gefährlich auf ihren Füßen. Is nix passiert, ich habe sie aufgefangen. Und wo ich sie nun schon in den Armen hatte und sie sich durch die Flaschen in ihren Händen nicht wehren konnte, habe ich sie auch gleich richtig zu mir herangezogen und herzhaft geküsst. Sie mich aber sofort auch, und wie die mich geküsst hat! Wir haben gleich die

Flaschen wieder in den Kühlschrank gestellt, da gab es ja jetzt Besseres zu tun.

Sie hat mich dann nicht mehr weg gelassen. Am nächsten Morgen haben wir uns gegenseitig erzählt, dass wir beide nie für möglich gehalten haben, man könne sich so spontan verlieben. Wir waren nämlich beide schon rettungslos aneinander verloren, als wir bei euch zusammen saßen. Jetzt hat sich allerlei entwickelt. Da ich meine Wohnung nicht mehr benötige, habe ich gekündigt. Eine neue Kollegin von mir hat eine möblierte Wohnung gesucht, die zieht gerade heute schon ein. Neben Silkes Firmenkombi ist auch genügend Platz für meinen Porsche. Und ihr Häuschen ist eine ganz gemütliche Puppenstube, mein Püppchen hat einen tollen Geschmack. Ihr wisst ja, dass ich darüber nachgedacht hatte, demnächst nach Offenbach in die Firmenzentrale zu wechseln. Das Projekt ist jetzt gestorben. Mein Lebensprojekt heißt Silke Herbst."

Silke strahlt. „Der Michi benötigt jetzt auch Muttis Wäschedienste nicht mehr. Ich habe natürlich eine Waschmaschine, einen Trockner und sogar Bügeltisch und Plätteisen. Dafür muss er abends kochen, wenn er von der Arbeit kommt. Bei mir wird's manchmal später. Und, Heike, alle Achtung. Kochen kann der Kerl wirklich hervorragend und abwechslungsreich." Wiebke, Lukas und auch Norbert haben die ganzen fröhlichen Erzählungen Michaels und Silkes aufmerksam verfolgt. Wiebke sitzt strahlend auf ihrem Elektrorollstuhl. Lukas

schlurft zu Michi und brummt: „Jetzt hast du eine Frau."
Und aus dem großen Bett des kleinen Norbert erklingt
ein begeistertes Lachen. Er hat den Klang der Stimmen
korrekt eingeordnet: da geht es ums Glück.

Der Schlafsack

Die Werbe- und Vertriebsabteilung des Sondennahrung-Herstellers, für den Silke arbeitet, sucht immer wieder interessante Neuerungen aus den Alltagserfahrungen von Pflegepersonal und Familien, die mit dieser Ernährungsform täglich zu tun haben. So kommt Silke auf die Idee, dort den Schlafsack der Stuppes mit einigen Fotos vorzustellen. Sofort wird sie gebeten, sie möge jemanden aus der Erfinderfamilie finden, der diesen sinnvoll umgearbeiteten Schlafsack bei einem Ärzte- und Pflegepersonal-Symposium vorzustellen bereit sei. Michael meint, vermutlich sei seine Mutter dafür die Richtige. Sollte die das aber nicht machen wollen, sei wohl auch er selbst bereit, das zu tun. Aus seiner Arbeit als Konstrukteur in einer Firma, die elektronische Steuergeräte für Autos, Landmaschinen und Schiffe optimiert und fertigt, ist er solche Darbietungen ja gewohnt.

Seine Mutter wäre eigentlich schon bereit, diese Schlafsackerfindung vorzuführen. Als sie aber den geplanten Termin erfährt, muss sie passen. Das ist genau Wiebkes Geburtstag. Und den darf sie keinesfalls versäumen. Die Kleine passt genau auf, dass sie am richtigen Tag von ihrer Mutti, ihrem Vati und den Pflegegeschwistern ordentlich gefeiert wird. Und acht Jahre alt wird man eben nur einmal im Leben. Wenn Michi und Silke erst zwei Tage später gratulieren kommen, lässt sich das verkraften, die haben ja einen weiten Weg. Aber Mutti muss da sein!

Michi macht sich also daran, brauchbare Fotos vom Schlafsack zu machen. Mit offenem Reißverschluss, auch linksgedreht, mit durchgezogenem Versorgungsschlauch an Norbert und schließlich noch einige gestellte Bilder ohne Schlafsack. Die zeigen, wie Norbert den Schlauch mit den Füßen greifen und dann im Falle des Falles den Button würde herausziehen können. In der Firma leiht er sich dann den Projektor aus, mit dessen Hilfe er üblicherweise die Produktpräsentationen möglichen Kunden sinnvoll vor Augen zu bringen pflegt. Mit diesen Hilfsmitteln und sogar einem der Fotos, die sein Vater gemacht hat, als Norbert den Button aus dem Stoma gezogen und sich einen Nahrungsteich geschaffen hatte, wird sein Vortrag beim Symposium sehr eindrucksvoll. Viele Worte braucht er nicht. Angesichts der beschränkten Redezeit - bei Symposien geht es Schlag auf Schlag mit Kurzreferaten - ist das sehr hilfreich.

Unerwartet ist, dass ausgerechnet die Inhaberin einer Spezialschneiderei für Textilien, die besonders für körperbehinderte Menschen geeignet sind, am Symposium teilnimmt. Eigentlich nur, weil sie am Ort der Veranstaltung wohnt. Sie kommt in der Pause zu Silke und Michael und bietet sofort an, diese Erfindung ins Programm zu nehmen und der Familie Stuppe pro verkauftem Schlafsack die Hälfte ihrer Marge zu überlassen. Silke kann zudem in der Beratung bestens bei der Vermarktung helfen.

Die empfindsame Lunge

Allmählich nähert sich Norbert der Schulpflicht. Langsam steigt aber auch seine Anfälligkeit gegenüber den auf die Gesundheit wirkenden Außeneinflüssen. Zug, zu starke Kühle, zu starke Wärme und jede kleine Infektionsgefahr können sowohl für seine Bronchien als auch direkt für seine kleine Lunge zum Problem werden. Mindestens zweimal jährlich benötigt er Antibiotika. Der Hausarzt Klostermann ist mit dieser Notwendigkeit nicht besonders glücklich, muss er doch damit rechnen, dass sich der Körper des kleinen Kerlchens allmählich gegen diese Medikamente immunisiert, sprich, dass sie bei ihm dann nicht mehr wirken. So verwendet er von Anfang an zumindest ein Präparat, das ganz speziell für kleinere Kinder bestimmt ist und später durch ein anders wirkendes ersetzt werden kann. Dem Uhrticken will er das Bestmögliche entgegensetzen.

Besondere Sorgen bereitet ihm die Lunge Norberts. Da sie fast immer direkt betroffen ist, wenn der wieder erhöhte Temperatur aufweist und hüstelt, müssen Stuppes immer sofort Klostermann Bescheid geben, damit er eine Lungenentzündung vermeiden kann. Die wäre vermutlich tödlich. Also beginnt inzwischen doch allmählich der körperliche Rückbau des Kleinen. Trotzdem soll es mit der Unterstufe der Tagesbildungsstätte, die rechtlich den ersten vier Schuljahren gleichgestellt ist, auf jeden Fall versucht werden. Der Gruppenraum hat eine Nische, in der Norbert zuggeschützt und nicht ganz zwischen den anderen Kindern doch ganz gut am Geschehen teilnehmen kann. Aber alle Vorsicht ist vergebens. Er erkrankt nun häufiger als im Kindergartenbereich.

Die Leiterin der Einrichtung sieht das mit großer Besorgnis. Zu diesem Problem gesellt sich aber ganz bald noch ein zweites. War Norbert im Kindergarten immer sehr von der Geräuschkulisse angetan, geschieht hier unerwartet das Gegenteil. Da immer einmal wieder Stillarbeit der Schüler stattfindet, und Norbert nun weder Musik noch Kinderstimmen hört, begehrt er auf und beginnt zu weinen. Das ist weder für ihn noch für die Lerngruppe ein erträglicher Zustand. Also bespricht die Leiterin mit der Pädagogin der Lerngruppe und den Eltern Stuppe, dass ein Antrag an die Schulbehörde gestellt werden müsste, Norbert auf Dauer aus der Schulpflicht, die ja immer besteht, zu beurlauben. Stuppes hätten den Jungen auch lieber ganz zu Hause, wo er zufrieden ist. Wer weiß, wie lange sein labiles Leben noch dauert.

Klostermann unterstützt den Antrag der Pflegefamilie sichtlich gern. Ein ziemlich drastisch formuliertes ärztliches Gesundheitszeugnis wird dem Antrag beigelegt, außerdem natürlich eine sorgfältig überlegte Stellungnahme der Leitung und der Pädagoginnen der Tagesbildungsstätte. Etwas Erstaunliches geschieht, der zuständige Schulrat kündigt seinen Hausbesuch an. Stuppes wussten nicht, dass er zwei Dörfer weiter mit seiner Familie einen Pferdehof bewohnt, den seine Frau und eine seiner Töchter samt Ehemann äußerst erfolgreich betreiben. Erst als er bei ihnen freitags am Nachmittag am Esstisch sitzt und sichtlich mit Behagen einen von Heike gebackenen Kuchen zum Kaffe verzehren hilft, erzählt er ihnen das. Norbert sitzt in seiner Schale daneben. Der Schulrat beobachtet ihn sorgfältig.

Als er sich dann nach einer guten Stunde verabschiedet, in der er noch eine Menge Fragen beantwortet bekam, geht er zu dem kleinen Kerlchen, streichelt ihm über die Haare und sagt: „Sei froh, Kleiner, dass du hier gelandet bist. Hier bist du glücklich, und das sollst du bleiben, bis dein Leben irgendwann zu Ende geht, noch tickt deine Uhr. Und wie die tickt." Stuppes verspricht er, dass sie in wenigen Tagen die Dauerbeurlaubung in Händen haben werden. Für Norbert wird das Leben nun erheblich einfacher. Heike und Jens sind darüber außerordentlich froh.

Ruhige Zeiten

Die folgenden Jahre bringen, was Norbert angeht, verblüffend wenig Aufregendes. Auf die Bekämpfung seiner Lungengefahren haben Heike und Jens sich inzwischen eingestellt. Als sehr gut hat sich erwiesen, ihm täglich die Temperatur zu messen. Ihm scheint dieses tägliche Ritual allmählich sogar Freude zu machen. Sogleich, wenn er morgens vom entleerten Nahrungsbeutel getrennt, gewickelt und umgezogen ist, dreht er den Kopf zur Seite. So kann Heike leicht mit dem kleinen elektronischen Fieberthermometer an sein rechtes Ohr. Unter dem leichten Druck des Sensors fängt der Schlingel an zu grinsen. Und wenn dann das leise Piepen das Ende der Messung anzeigt, lacht er laut.

Inzwischen hat er sich angewöhnt, sofort zu streiken, wenn er von Heike versorgt wird, aber gewahrt, dass Jens in der Nähe ist. So macht er sich beispielsweise stocksteif, sofern Jens unerwartet mit dem Auto nach Hause kommt, wenn Heike ihn zufällig gerade wickelt. Macht Jens das dann fertig, ist er geschmeidig bereit, alles mit sich geschehen zu lassen, was notwendig ist. Heike empfängt ihren Mann dann jeweils schmunzelnd mit dem Hinweis: „Dein Kind streikt wieder." Ist von Jens nichts zu hören, dürfen Heike oder auch Marlies ihn gerne versorgen. Er ist halt wirklich ein kleiner Schlingel. Dadurch, dass er nicht mehr mit dem Bus der Lebenshilfe fahren muss, sind die Bronchial- und Lungenreizungen erheblich seltener geworden. Das lässt hoffen, dass er sich noch lange einer Immunisierung antibiotischen Medikamenten gegenüber widersetzen kann.

Silke und Michael sind inzwischen nicht nur verheiratet sondern auch Eltern geworden. Ihre kleine Tochter Paula hat dafür gesorgt, dass sie sich eine Lösung ausdenken mussten, wie Silke nach der Babypause wieder würde arbeiten können. Diese Lösung kam ganz unerwartet. Silkes Eltern haben ihr Geschäft ihrer jungen Mitarbeiterin und deren Bruder, der eigentlich Verkäufer in einem Baumarkt war, verkaufen können, schon Monate, bevor ihr Rentnerdasein offiziell begann. Die Großeltern Herbst haben sich dann sofort begeistert angeboten, Klein-Paula während Silkes Arbeitszeit zu versorgen. Die hat ihr Gebiet um Einiges reduzieren können, so hat auch sie selbst mehr Zeit für ihre kleine Familie. Es ist aber inzwischen abzusehen, dass sie in einigen Monaten erst einmal ganz aufhören wird. Sie ist zum zweiten Mal schwanger.

Angesichts der wachsenden jungen Familie haben die Großeltern Herbst nun einen Wohnungstausch vorgeschlagen. Seit dieser Entscheidung sind heftige Renovierungsvorgänge am Laufen. In wenigen Wochen sollen dann an einem einzigen Sonnabend alle Möbel hin und her geschafft und die neue Situation geschaffen werden. Silkes beide erheblich ältere Schwestern mit ihren Männern und Michaels, ebenfalls zwei, ältere Brüder mit ihren Frauen wollen alle miteinander anpacken kommen. Auch Jens wird natürlich helfen. Paula darf an diesem Tag zu Oma Heike, die ja bei ihren Pflegekindern bleiben muss.

Die ganze Großaktion gelingt tatsächlich ohne größere Schwierigkeiten. Während Silke im größeren Haus die Wege weist, übernimmt das im kleinen Häuschen ihre Mutter. Silkes älteste Schwester ist in der großen Küche des Haupthauses die Verantwortliche für das leibliche Wohl. Als ausgebildete Köchin und Beschäftigte in der Diätküche einer Kurklinik ist sie dafür natürlich die Richtige. Als nach vollendeter Aktion Silke und Michael erschöpft aber zufrieden in ihrem Bett gelandet sind, legt Michael seiner Frau die Hand auf ihren nun schon ganz gut sichtbaren Babybauch und stellt fest: „Jetzt haben wir reichlich Platz für uns alle vier." Silke lacht. „Wegen mir auch für fünf, das wäre mein Traum. Das richtige Auto haben wir ja schon bestellt. Ich kann immer noch nicht glauben, wie viel uns der Händler für Deinen Porsche gibt." „Das ist doch notwendig geworden, wenn du in Kürze deinen Dienstwagen abgeben musst. Und ich habe auch schon einen jung gebrauchten Kleinwagen gefunden, mit dem ich zur Arbeit fahren werde. Dann hast du den großen Van immer für dich und die Kinder zu Hause. Von diesem zweiten Auto zu berichten hatte ich mir als Überraschung für heute aufgehoben." Silke ist begeistert. Und beide sind sich wieder einmal einig, dass es ein großes Geschenk ist, dass Michael den gut bezahlten Job hat.

Orthopädisches

Einige Jahre ohne spektakuläre Ereignisse sind ins Land gegangen. Norbert wird in wenigen Tagen zehn Jahre alt. Das ist kaum zu glauben. Er ist zufrieden, immer einmal wieder regelrecht heiter, schläft tatsächlich - bis auf sein behagliches Brabbelviertelstündchen öfter nachts etwa um vier Uhr - völlig entspannt Nacht für Nacht seine sieben bis acht Stunden und tagsüber oft noch einmal etwa eine halbe Stunde lang. Hat er es bisher gut und gerne erleben können, täglich mindestens drei, meistens auch mehr Stunden in seiner Schale zu sitzen, wird ihm das in den letzten Wochen wohl zunehmend unangenehm. Schon, wenn er gesetzt wird, schneidet er Grimassen und fängt oft bereits nach etwa einer halben Stunde an zu maulen. Da muss er wohl irgendwelche Schmerzen haben.

Heike macht einen Termin in der ihr vertrauten orthopädischen Praxis in Bremerhaven. Jens nimmt sich sogar einen halben Tag frei, um mit dorthin zu fahren. In der Praxis erfahren sie, dass dieser ihr Termin für Norbert mit der jüngst in diese Praxis eingestiegenen jungen Fachärztin für Orthopädie geplant sei. Vom Vorhandensein dieser Dame hatten sie bisher nichts gewusst. Als sie das Sprechzimmer betritt, stellt sie sich vor: „Mein Name ist Helen Bowenschulte." Sie lacht. „Ihre Familie ist mir nicht unbekannt. Ihr Sohn Michael war kurzzeitig Mieter in meinem Elternhaus, hat sich aber dann zu meiner Schulkameradin und Nachbarin

Silke verkrümelt. Jetzt, nachdem meine Mutter plötzlich gestorben ist, bin ich mit meinem Mann, der seinen Namen Schmidt bereitwillig gegen Bowenschulte eingetauscht hat, und unseren beiden kleinen Kindern dort eingezogen. Witzig: Michi ist nun der Chef meines Falko. Und Silke wird die Tagesmutter für unsere Kinder."

Ihre Untersuchungsmethode weicht krass von der des Praxisinhabers ab. Der erstellt seine Diagnosen stets unter Mithilfe seiner modernen technischen Apparate, Röntgengerät, Ultraschall und Ähnliches. Helen Bowenschulte indessen untersucht den Jungen erst einmal sorgfältig mit ihren Händen. Als sie den auf dem Bauch liegenden Norbert behutsam entlang der Wirbelsäule abtastet, fängt der plötzlich an zu stöhnen. „Da haben wir's. Er muss wohl notgedrungen viel liegen?" „Richtig." Jens beschreibt nun genau den Wechsel zwischen viel Liegen und kürzeren Zeiten des Sitzens. Nun untersucht die Ärztin die aktuelle Sitzschale und hat das Problem schnell gefunden. „Kann ich den Orthopädietechniker sprechen? Haben Sie eine Telefon- oder Handynummer?" Letztere hat Heike in ihrem Handy eingespeichert.

Sofort wählt die Ärztin die Nummer und hat Glück, der Techniker ist in der Werkstatt. Mit einigem Hin und Her, gespickt mit allerlei Fachchinesisch, wird eine Veränderung der Sitzschalenpolsterung und des Sitzwinkels vereinbart. Der Techniker regelt dann noch schnell mit Stuppes einen Vor-Ort-Termin für den kommenden Dienstag. Auf dem Rückweg durch den Wesertunnel sind sich Heike und Jens einig: So zufrieden sie bisher mit der Praxis auch waren, diese junge Ärztin ist ein echter Gewinn für die Versorgung ihrer Kinder. Alle weiteren Termine für die Drei werden nun mit ihr stattfinden, das steht fest.

Tatsächlich kommt der Orthopädietechniker am Dienstag. Und er hat bereits drei neue Polsterstücke zum Austausch gefertigt, die jetzt erst einmal probeweise ohne Bezugsstoff eingesetzt werden. Bereits nach drei Wochen ist klar, das ist die Lösung. Nun werden die Einsatzstücke flott bezogen. Seither sitzt Norbert an manchen Tagen sogar mehr als acht Stunden in seiner Schale, entspannt und sichtlich hochzufrieden.

Zukunftspläne

Irgendwann musste das so kommen. Obwohl höchstens zweimal jährlich Antibiotika notwendig gewesen waren, vier Wochen vor Norberts zwölftem Geburtstag erleben Stuppes zum ersten Mal, dass dieses Medikament gar nicht mehr wirkt. Nun muss Benno Klostermann, der tüchtige Hausarzt, ein anderes Präparat versuchen. Er entscheidet sich für eines, dass eigentlich für Erwachsene gedacht ist, dessen Tabletten aber zum Teilen gekerbt sind. Heike zerbröselt nun in einem kleinen Mörser aus ihrer Küche eine Hälfte zur ersten Mahlzeit am Abend, die andere für die Zeit nach dem Abbau der Nahrungsdurchführung. Durch den Button lässt sich das Präparat in Wasser problemlos reichen. Und siehe da, es wirkt. Mal sehen, wie lang.

Soweit überhaupt noch Verbesserungen möglich sind, wird nun der Schutz Norberts vor Infektionsquellen sowie Zugluft und anderen Erkältungsgefahren noch einmal durchdacht und neu organisiert. Vor allem die Stunden in der Sitzschale bergen die eine oder andere Gefahr des Mangels an Aufmerksamkeit und versehentlicher kleiner Fehler, die böse Folgen haben können. Trotz aller Bemühungen werden aber die Bronchialkatharre häufiger und die Zeiten bis zur Ausheilung länger. Stuppes sind jedoch ganz zufrieden, dass das neue Medikament diese jeweiligen Zustände immer wieder beseitigen kann. Mag die Uhr ruhig ticken.

Jens Stuppe hat jetzt den Ruhestand erreicht, für Heike eine große Entlastung. Sowohl die Pflege Norberts als auch die der beiden älteren Pflegekinder kann sie nun fast ganz ihrem Mann überlassen. Je älter die jungen behinderten Menschen, desto anstrengender ist natürlich deren Körperpflege. Nur zum regelmäßigen Vollbad in der Hubbadewanne wird Heike, wie bisher, natürlich benötigt. Norbert liebt diese Badefeste, obwohl die gerade für ihn einige Gefahren bergen. Wiebke ist nun schon länger eine junge Frau, über deren Zukunft sich Heike und Jens jetzt allmählich Gedanken machen müssen. Wie jeder junge Mensch haben auch ihre behinderten Kinder das Anrecht darauf, - auf ihre wohl besondere Weise - flügge zu werden. Bei allen dreien wird die Zukunft zwangsläufig in einer geeigneten Facheinrichtung der Behindertenhilfe, also in einer Wohngruppe eines Heimes stattfinden. Ein zu langer Verbleib der jungen Menschen in der Pflegefamilie kommt für Stuppes nicht in Frage.

Also gehen sie systematisch auf die Suche nach einem geeigneten Lebensraum für Wiebke. Nach Gesprächen mit anderen Pflegefamilien, Beschäftigten der Lebenshilfe, ihrer Orthopädin und ihrem Hausarzt einerseits, andererseits intensiver Recherche im Internet haben sie zwei in Frage kommende Einrichtungen gefunden. Die werden nun nacheinander mit Wiebke aufgesucht. Lukas darf jeweils mit, so dass Marlies sich nur um Norbert kümmern muss. Sehr schnell ist klar, dass nur eine, die im Speckgürtel der Stadt Bremen liegt, für Wiebke geeignet sein dürfte. Und sie selbst zeigt, dass sie sich bei der Besichtigung des schönen Areals und eines der Gruppenhäuser recht wohl fühlt. Folgerichtig wird das Mädchen angemeldet und kommt auf die Warteliste.

Es wird ernst

Nun vergehen wieder Monate ohne größere Besonderheiten. Heikes fünfundsechzigster Geburtstag im Mai 2010 führt wieder einmal die gesamte Familie Stuppe zusammen. Das alte Gehöft bietet reichlich Platz für eine behagliche Feier. Die älteren Kinder der Brüder Michaels haben sich so viel zu erzählen, dass ihre Anwesenheit kaum auffällt, ganz anders der Jüngste des mittleren Stuppe-Sohnes Jürgen und die inzwischen drei von Silke und Michael. Dieses „kleine Gemüse", wie Michi sie stolz bezeichnet, hält die Erwachsenen ganz hübsch in Atem. Plötzlich, gerade als die nachmittägliche Kaffeetafel stattfindet, meldet Heikes Handy einen unerwarteten Anruf. Wegen der Glückwünsche hat sie das Gerät den ganzen Tag über in ihrer Gürteltasche bei sich.

Am Apparat ist die Chefin der Sozialabteilung der Einrichtung, in der Wiebke auf der Warteliste steht. „Frau Stuppe, ich habe eine gute Nachricht für sie. Es ist ein Appartement gerade in jenem Haus frei geworden, das sie bei ihrem Besuch mit ihrer Tochter besichtigt haben. Ein schon länger erwarteter Todesfall, einer, der geradezu eine Erlösung für die Bewohnerin darstellt, hat das verursacht. Wenn sie zusagen, kann Wiebke - nach einer Renovierungsfrist von gut vier Wochen, also zum ersten Juli - dort einziehen." Nach kurzer Rückfrage an Wiebke, die eifrig nickt, sagt Heike sofort zu. Das ist ja nun ein schönes Geburtstagsgeschenk. Lukas, der durchaus ein Menge mitbekommt und auch begreift, murmelt: „Und wenn ich groß bin, ziehe ich da auch hin." Jens, an den diese Bemerkung gerichtet ist, wird von diesem Entschluss regelrecht überrumpelt. Aber wer weiß schon, was in zwei oder drei Jahren ist?

Wiebkes Umzug in die Einrichtung - fünf Monate vor ihrem achtzehnten Geburtstag - lässt sich dann mit Michis Hilfe problemlos erledigen. Der kann übers Wochenende einen Kleinlaster seiner Firma nutzen, so ist auch der Transport des Wiebke-eigenen Pflegebetts und ihres Schranks kein großes Ding. Da Marlies zum Wochenende nicht verfügbar ist, betreut eben Silke mit ihren drei Kleinen Lukas und Norbert. Wiebke rollt schließlich strahlend mit ihrem Elektrorollstuhl in das fertig eingeräumte Appartement. Ohne jede Träne geht der Abschied von ihrer Pflegefamilie über die Bühne. In wenigen Wochen wird die dann ja zu Besuch kommen, sogar mit Lukas und vielleicht auch Norbert, wenn es ihm gerade gut genug geht.

Alles kommt anders

Dieser erste Besuch bei Wiebke muss aber dann doch ohne Norbert stattfinden. Es hat ihn nun leider wieder erwischt. Und das Fieber zeigt sich ungewöhnlich hartnäckig. Also bleibt Marlies bei ihm, und nur Heike, Jens und Lukas besuchen Wiebke für drei Stunden. Die scheint richtig gut in der Gruppe angekommen. Die für sie direkt abgestellte Mitarbeiterin hat gerade Schicht, das war so geplant. So lernen Stuppes auch gleich ihre, neben der Gruppenleiterin, für Wiebke verantwortliche Gesprächspartnerin kennen. Das ist eine versonnene freundliche Frau mittleren Alters, die, wie sie sagt, ihre Kinder aus dem Gröbsten hat und nun wieder vollzeitlich arbeiten kann. Besonders Heike hat ganz schnell zu ihr einen guten Draht.

Als sie gegen siebzehn Uhr dreißig nach Hause kommen, finden sie eine ganz zufriedene Marlies vor. Norberts Fieber ist fast weg. Anscheinend haben die Antibiotika schließlich doch geholfen. Marlies bleibt noch zum Abendessen und fährt dann nach Hause. Gegen zweiundzwanzig Uhr schaut Heike noch einmal nach Norbert. Zufrieden bewegt er die Hände im Rhythmus der leisen Musik. Also ist alles in Ordnung. Sie und Jens können unbesorgt schlafen gehen. Als Jens im Bad fertig ist, geht er doch noch einmal zu Norbert, irgendwie fühlt er ein Unbehagen. In seinem Zimmer traut er seinen Augen nicht. Norbert liegt mit einem verschmitzten Lächeln im Gesicht genau in der Haltung, in der sie ihn einst im Krankenhaus kennengelernt haben, in seinem großen Bett. Aber er lebt nicht mehr, die Uhr hat ihr Ticken jählings eingestellt. Jens schaltet das Radio aus, legt ein Handtuch über den toten Jungen, kippt das Fenster und schließt die Tür seines Arbeitszimmers.

Im Schlafzimmer informiert er Heike schließlich über das sichtlich zufriedene Sterben ihres Kleinsten. Weil Norbert den oft erwarteten Tod nun so entspannt und fröhlich hat erleben dürfen, ist es für beide gar nicht so schwer, diesen Abschied zu akzeptieren. In aller Ruhe bitten sie früh am nächsten Morgen ihren Hausarzt Benno Klostermann, ihnen den Totenschein auszustellen. Noch vor Praxisbeginn kommt er, betrachtet kurz den zufriedenen jungen Toten und stellt dann den Totenschein aus. Er kennt diesen Jungen gut genug, um auch eine sinnvolle Todesursache aufschreiben zu können. Als er sich verabschiedet, nimmt er Heike kurz in den Arm und sagt: „Besser als so gut gelaunt kann ein Mensch gar nicht sterben. Ihr habt ihm ein gutes Leben geboten, bei seinen Voraussetzungen ebenso ein kleines Wunder wie die Länge dieses seines Lebens."

Die Trauerfeier in der Kirche mit der Beerdigung auf dem Dorffriedhof danach ist eine verblüffend stark besuchte Veranstaltung. Neben der ganzen großen Familie Stuppe sind auch unerwartete Teilnehmer zu sehen. Wiebke ist von ihrer Betreuerin und einem Praktikanten aus der Einrichtung herbeigebracht worden. Der ehemalige Schulrat ist dabei, und sogar die

Orthopädin ist mit Silke und Michael von der anderen Weserseite herüber gekommen. Natürlich auch deren Kinder und Silkes Eltern. Vertreter der Lebenshilfe und des Jugendamtes sind da, und das halbe Dorf ist auf den Beinen. Die Pastorin hält eine sehr warmherzige Predigt.

Ende einer Familienära

Nun ist aus der stets großen Familie Stuppe eine recht kleine geworden. Mit Lukas alleine ergibt sich eine Menge Zeit, den komplizierten Haushalt erheblich zu vereinfachen. Lukas ist ja der einzige „Fußgänger" der drei behinderten Pflegekinder gewesen, benötigt nur für weitere Wegstrecken seinen einfachen Rollstuhl, in dem er wegen seiner Muskelschwäche geschoben werden muss, und wird in wenigen Jahren auch das Haus verlassen. Wie Wiebke einen Elektrorollstuhl zu benutzen, hat er bisher konsequent verweigert. Nun aber kommt es ihm doch ganz nützlich vor, sich ohne Hilfe fortbewegen zu können. Jens hat eine gute Lösung. Als ein neuer Rollstuhl fällig wird, weil der bisherige doch sehr in die Jahre gekommen ist, beantragt er einen neuen mit einem elektrischen Radnaben-Antrieb. Das ist ein Kompromiss, der erstens nicht so teuer ist wie ein vollwertiger Elektrorollstuhl, zweitens Lukas außerordentlich gut gefällt und drittens gut im nun statt des Kleinbusses angeschafften Minivan transportiert werden kann.

Genau zwei Jahre und vier Monate nach Norberts Beerdigung kommt der Anruf aus der Einrichtung, für Lukas sei nun ein freier Heimplatz verfügbar. Ganz besonders erfreulich ist, dass dieses Appartement im gleichen Haus ist wie das, in dem Wiebke untergebracht ist. Die Türen beider Räume liegen fast einander gegenüber. Schöner kann es gar nicht kommen. So wird

Wiebkes zwanzigster Geburtstag zugleich der Tag, an dem ihr Pflegebruder ihr Nachbar wird. Trotz aller anfallender Arbeiten werden beide Ereignisse gebührend mit Torte und Kaffee gefeiert.

Für Heike und Jens ist das nun doch zuerst recht gewöhnungsbedürftig, ganz alleine in ihrem großen Haus zu leben. Doch schnell haben sie gelernt, diese entlastete Zeit zu genießen. Nach den Jahren mit ihren drei leiblichen Kindern, dann den Jahren mit ihren drei schwerbehinderten Pflegekindern nun die wohlverdiente Zeit der Ruhe und der Freiheit, nur noch für einander da zu sein. Und dass die Kontakte zu Kindern, Enkeln und Pflegekindern unendlich viel Freude bedeuten, versteht sich von selbst. Ihre Hoffnung ist, dass auch ihre Uhren noch lange gemeinsam ticken.

Hoffnung schafft's

Die Geburt

„Wir werden es nicht erreichen können, Frau Müller, dass Sie die Zwillinge vollständig austragen." Die mütterliche Oberärztin einer der größten Geburtskliniken des Ruhrgebietes hatte sich einen Stuhl zum Bett herangezogen, in dem Ines nun schon zwei Tage lag. Weil es bei der letzten Kontrolluntersuchung eine Auffälligkeit im Herzrhythmus eines der beiden Buben in ihrem Bauch gegeben hatte, hatte ihr Frauenarzt sie zu Sicherheit der Kinder stationär aufnehmen lassen. Trotz aller Maßnahmen in der Klinik war die Störung nicht beseitigt worden.

So sollte also die Geburt nun, gut einen Monat zu früh, künstlich eingeleitet werden. Die Ärztin erklärte ihr, dass die Beiden dann als Frühgeborene gewertet und zur Sicherheit auf der Station für Neugeborene in Wärmebettchen gelegt würden, bis ihr Zustand stabil und eine solche Maßnahme überflüssig geworden sei. Sofort am nächsten Tag früh morgens solle die Einleitung der Geburt beginnen. Da es ihre zweite Geburt sei, werde mit einem nicht überlangen Vorlauf gerechnet. Zwei Stunden nach der Visite der Ärztin wurde Ines noch vom Oberarzt der Neugeborenen-Station besucht. Dieser Dr. Höfer war ein ungewöhnlich kleiner Mann mit aufmerksamen Augen und einer erfreulich schlichten Redeweise, den sie nicht nur gut verstehen konnte sondern auch sofort als vertrauenswürdig einschätzte.

Ihre dreijährige Tochter Janine hatte sie für die Zeit des Krankenhausaufenthaltes bei ihrer Mutter und deren zweitem Ehemann unterbekommen. Der Erzeuger dieses Kindes hatte sich von ihr zurückgezogen, noch ehe es geboren war. Eine seiner zahlreichen Liebschaften hatte es wohl geschafft, ihn endgültig an sich zu binden. Als sie dann im Park mit dem Vater der Zwillinge erstmals ins Gespräch kam, war sie völlig verwundert, welch ein ungewöhnlicher junger Türke dieser Mann war. Alle türkischen Männer, die ihr bisher begegnet waren - und das waren einige - waren zwar fast immer durchaus charmant aufgetreten, hatten aber doch sehr bald Verhaltensweisen gezeigt, die von einer heftigen Überschätzung ihrer Männlichkeit zeugten. Und zumeist waren ihre Angebote sehr eindeutig. Ahmet war da ganz anders. Er wirkte zurückhaltend, aufmerksam und achtungsvoll. Spontan hatte sie sich in diesen Mann verliebt und erreicht, dass sie sich öfter trafen. Ihre kleine Tochter mochte ihn sichtlich auch, so entwickelte sich schnell eine größere Nähe, und eines Abends nahm sie ihn dann mit in ihre kleine Wohnung. Öfter blieb er dann bei ihr über Nacht.

Das hatte alles so schön begonnen und sich bald vertraut angefühlt. Eine gemeinsame Zukunft mit diesem Mann konnte sie sich durchaus vorstellen. Sie hatten jedoch auch eine sehr unerfreuliche Gemeinsamkeit, es fehlte ihnen Beiden sowohl an einer Ausbildung als auch an einer geregelten Beschäftigung. Und dann kam der Schock, dass Ines trotz Verhütung schwanger geworden war. Ahmet wusste sichtlich nicht so genau, wie er mit dieser Lage umgehen sollte. Vollends verunsicherte ihn dann die Nachricht, sie erwarte Zwillinge. So zog er sich zuerst einmal zurück, um in Ruhe zu durchdenken, wie er sich nun auf diese schwierige Angelegenheit würde einstellen können.

Pünktlich begann die Einleitung der Geburt und tatsächlich nur vier Stunden später war der erste Kleine da, und ein knappes Viertelstündchen später dann der zweite. Der erste Junge hatte im Mutterleib den gestörten Herzrhythmus gezeigt, aber, oh Wunder, direkt nach seiner Geburt fand das Herzchen den korrekten Takt. Beide kleine Bürschlein waren zwar um Einiges zu leicht, hatten aber insgesamt stabile Werte. Der Oberarzt in der Station für Neugeborene sagte voraus, spätestens sechs Wochen nach dem errechneten Geburtstermin werde man die Kleinen aus den Wärmebettchen heraus und für eine Entlassung nach Hause stabil vorbereitet haben.

Am dritten Tag nach der Geburt kam dann tatsächlich Ahmet in die Klinik, besuchte Ines und schaute sich auch die Kleinen auf ihrer Station sorgfältig an. „Ich werde wohl nicht mir dir zusammenziehen, du kannst dich aber darauf verlassen, dass ich mich um die Kinder kümmern und dich unterstützen werde. Inzwischen habe ich Arbeit gefunden, reich werde ich davon nicht, aber es soll mir wohl gelingen, den Mindestunterhalt für Beide regelmäßig zu zahlen." Ines empfand es zwar als erfreulich, dass er seine Zuständigkeit bekräftigt hatte, war aber doch reichlich enttäuscht, dass er sie mit den drei Kindern alleine leben lassen wollte. Um ihm ein wenig entgegen zu kommen, hatte sie sich inzwischen entschieden, den Zwillingen türkische Vornamen zu geben. Sie waren bereits als Günal und Ümit Müller standesamtlich erfasst. Und Ahmet stand auch in der Abstammungsurkunde.

Das Unerwartete

Es sollte für beide Kinder der letzte Tag im Wärmebettchen werden. Doch in der Nacht vom neununddreißigsten auf den vierzigsten Tag nach der Geburt gab es plötzlich Alarm. Schnell erkannte der Nachtdienst, dass irgendetwas Unvorhergesehenes mit Ümit geschehen sein musste. Die Ärztin vom Dienst konnte das Kerlchen zwar am Leben erhalten, vermochte aber lediglich zu erkennen, dass dem kleinen Gehirn etwas zugestoßen war. Kurz darauf war der Kleine dann auf dem Weg in die Neurologie. Bereits eine Ultraschalluntersuchung des Köpfchens erbrachte eine klare Diagnose. Nun stand fest, eine „periventrikuläre Leukomalazie" war spontan entstanden. Eine solche entsteht ab und an bei zu leichten Neugeborenen durch einen Sauerstoffmangel, etwa bei Atemstörungen oder Mangeldurchblutung. Dieser Mangel führt zum Absterben von Hirnzellen im Außenbereich eines oder mehrerer Lappen des Großhirns.

Ines war schon seit drei Wochen wieder zu Hause, besuchte aber die Zwillinge täglich für längere Zeit, um sich mit Ihnen zu beschäftigen. Behutsam brachten nun an jenem schicksalhaften Tag ein junger Neurologe und der kleine Oberarzt Dr. Höfer Ines auf den Stand ihres Wissens. Sie musste lernen, dass nun eines ihrer Kinder - ausgerechnet Ümit, der im Mutterleib gar keine Störungen aufgewiesen hatte - mit einem geschädigten Gehirn würde leben müssen. Dieser ihr Sohn sei von nun an schwerbehindert. Sie müsse in Zukunft mit starken Dauerstörungen seines Bewegungsapparates rechnen, Lähmungen ganzer Gliedmaßen seien zu erwarten, sein Lern- und Denkvermögen dürfe eingeschränkt sein und im schlimmsten Falle könne es sogar epileptische Anfälle geben. Sie war wie vom Donner gerührt.

Zuerst besprach sie die neue Lage mit ihrer Mutter und deren Ehemann. Die sahen sofort, dass bereits ihre kleine Wohnung im zweiten Stock nach kurzer Zeit zum Problem werden würde wie auch, dass sie mit den drei Kindern alleine sein werde. Ihre beste Freundin, mit der sie dann sprach, meinte, da komme nur eine Unterbringung in einem Heim in Frage. Ahmet, dem sie die schlimme Nachricht anschließend mitteilte, wusste überhaupt nicht, wie er mit dieser neuen Situation umgehen könne. Immerhin kam er an diesem Abend zu ihr und ließ sie auch in der Nacht nicht allein.

Am nächsten Tag fuhren sie dann zusammen zum Krankenhaus, um die Kinder zu besuchen und den kleinen Ümit in seinem neuen Zustand zum ersten Mal zu erleben. Eigentlich war nur auffällig, dass er nicht mehr strampelte, wie er es genau wie sein Brüderchen immer getan hatte. Günal war wie zuvor immer und lag nun in einem normalen Kleinkinderbettchen. Dienst hatte zu dieser Zeit eine junge Säuglingsschwester namens Hanna, mit der sich Ines von Anfang an immer gerne unterhalten hatte. Ihre Ruhe und ihre Freundlichkeit waren stets außerordentlich wohltuend. Als diese die

Beiden mit ihren hilflosen Gesichtern an den Bettchen der Kleinen sah, schaute sie zur Uhr, sah, dass sie ein halbes Stündchen würde erübrigen können und bat die Beiden in einen kleinen Raum, der eigentlich der Wäschepflege diente, wo aber auch ein Tisch und einige Stühle zu finden waren. Über einer frischen Tasse Kaffee für jeden erfragte sie nun, ob sich eine vernünftige Möglichkeit für ein Leben mit dem behinderten Kind würde finden lassen. Sehr schnell war ihr deutlich, dass hier vollkommene Hilflosigkeit herrschte. Sie berichtete nun von einem kleinen Jungen, der ähnlich schwerbehindert, wie es nun Ümit war, zur Welt gekommen sei. Aus anderen Gründen wie bei ihnen Beiden seien auch dessen Eltern außerstande gewesen, die Alltagsverantwortung für das Kerlchen zu übernehmen. Zuerst einmal habe ihn Dr. Höfer zu seinem Schutz einfach auf der Station festgehalten. Er habe sich aber auch sofort mit dem Gesundheitsamt und dem Jugendamt in Verbindung gesetzt und um eine menschliche Lösung für das behinderte Bürschlein zu kämpfen begonnen.

Dann sei ihm per Zufall anlässlich einer Fortbildung die Zeitschrift MITTENDRIN des Bundesverbandes behinderter Pflegekinder in die Hände gefallen. Er habe mit großem Interesse und nicht ohne Erstaunen gelesen, dass es wohl eine ganze Menge Familien gäbe, die bereit und fähig seien, behinderte Kinder in Pflege zu nehmen, diese kompetent als Ersatzeltern zu versorgen und zu erziehen. Es habe gar nicht lange gedauert, dann sei er mit diesem Verband in Verbindung getreten und habe um Hilfe gebeten. Wieder kurz darauf sei eine der Mitgliedsfamilien gekommen, um sich den Jungen anzuschauen, seine Behinderung genau kennen zu lernen und mit Dr. Höfer seine Bedürfnisse zu besprechen. Mit dem Jugendamt zusammen sei schließlich die Unterbringung in diese Familie bestens gelungen. Vor einiger Zeit seien diese Pflegeeltern dann mit dem besagten Jungen kurz auf der Station zu Besuch gewesen. Man habe sofort gemerkt, das war für das Kind die beste Lösung. Schwester Hanna lachte: „Ich hatte da zum Glück gerade Dienst, habe es also selbst gesehen.“

Als sie merkte, dass Ines sich eine solche Lösung vielleicht vorstellen könne, eilte sie hinaus und holte den Oberarzt dazu. Der bestätigte nicht nur den Bericht der Schwester sondern erklärte auch aus fachlicher Sicht, dass und warum eine Familienunterbringung einem Heimaufenthalt in jedem Falle vorzuziehen sei. Ines verabredete nun mit ihm, sich direkt am Folgetag zum Jugendamt zu begeben, vielleicht mit Ahmet zusammen, wenn dieser das wolle, und die zuständigen Leute zu suchen, die eine solche Familienpflege auf den Weg bringen könnten. Und er sagte ihr zu, sie könne den kleinen Günal am übernächsten Tag nach Hause holen, den Ümit lasse sie besser noch hier, vielleicht am besten, bis es eine geeignete Familie gäbe.

Die Lösung

Wie geplant war Ines dann tatsächlich am nächsten Morgen im Jugendamt ihrer Heimatstadt. Ahmet konnte nicht mit, er hatte keinen freien Tag mehr zu beanspruchen. Der für Ines´ Wohngebiet zuständige Bereichs-Sozialarbeiter war zu sprechen und konnte sogar seine Kollegin aus dem Pflegekinderdienst zum Gespräch herzu bitten, die mit diesem Wunsch der jungen Mutter beschäftigt sein würde. Beide begriffen schnell das Problem und sagten zu, im eigenen Pool nach einer geeigneten Familie zu suchen. Wenn es da keine geeignete gäbe, werde beim Bundesverband nachgefragt. So wurde es dann auch.

Dieser „Bundesverband behinderter Pflegekinder e.V.", von dem Schwester Hanna berichtet hatte, ist eine Selbsthilfeorganisation von Pflegeeltern mit behinderten Pflegekindern. Dort werden Kontakte zwischen diesen besonderen Pflegefamilien geknüpft und gepflegt, Beratungen in sozialrechtlichen, medizinischen und sonderpädagogischen Fragen durchgeführt oder vermittelt sowie fragenden Behörden Pflegefamilien angeboten, die im jeweiligen Fall zur Aufnahme eines besonderen Kindes bereit sind. Die Geschäftsstelle in Papenburg brachte dem Jugendamt in kurzer Folge drei Pflegefamilien bei, die sich die Aufnahme Ümits vorstellen konnten. Die erste lehnte das Jugendamt ab, weil der Pflegevater selbst Rollstuhlfahrer war. Sie bekam kurz darauf ein geistig behindertes Kind, das gerade Laufen gelernt hatte. Die zweite konnte den Jungen nicht aufnehmen, weil das Jugendamt in deren Heimatlandkreis der Aufnahme eines weiteren Kindes grundsätzlich widersprach. Die dritte war den beiden zuständigen Sozialarbeitern zu jung und zu unerfahren. Im Vorstellungsgespräch erweckten sie den Eindruck, die Schwierigkeiten der Lage dieses Kindes nicht so recht ernst zu nehmen.

Schwester Hanna und Dr. Höfer waren schon ein wenig verzweifelt, da erinnerten sich beide, dass doch die Pflegeeltern ihres vorigen Problemkindes bei ihrem Besuch nebenbei erwähnt hatten, ein weiteres, dann drittes mehrfach behindertes Kind könnten sie sich wohl vorstellen. Flugs griff Hanna zum Hörer und rief diese Familie an. Ausführlich schilderte sie der Pflegemutter die Not, in die der kleine behinderte Mann durch die zahlreichen Absagen nun geraten sei. Und, oh Wunder, noch am gleichen Tag meldete sich der Pflegevater, ließ sich mit Dr. Höfer verbinden und vermeldete, er habe inzwischen im eigenen Jugendamt „grünes Licht" für die Impflegenahme Ümits erhalten, dies der Mitarbeiterin des Pflegekinderdienstes mitgeteilt, der sie ja wohlbekannt seien, und sofort die Zusage erhalten, den Kleinen in den nächsten Tagen besuchen zu können, die Mutter kennen zu lernen und sogar, wenn diese einverstanden sei, das Bürschlein gleich mit nach Hause nehmen zu dürfen. Bei einer Anreise von etwa 280 Kilometern ein schönes Entgegenkommen der Behörde. Da der Pflegevater an einer Hauptschule unterrichtete und es gerade Osterferien gegeben hatte, würde er mit seiner Frau gemeinsam am übernächsten Tag herbei kommen.

Die Pflegeeltern Bosch entschieden sich, ihren älteren behinderten Pflegesohn Martin mit ins Ruhrgebiet zu nehmen. Für Leo, den jüngeren, den sie ein Jahr zuvor aus jenem Krankenhaus geholt hatten, war eine Betreuung zu Hause organisiert. Frau Müller könnte an Martin durchaus erkennen, wie sich ein gelähmter Junge in der Familie entwickeln kann. Der erste Besuch galt aber dem kleinen Ümit in der Säuglingsstation. Nach Kontakt mit dem Kleinen und kurzem Gespräch mit Dr. Höfer war klar, dieses Kind würden sie gerne aufnehmen, wenn es denn der Mutter so recht sein könne. Dann ging es weiter zur Wohnung, wo soeben die beiden Sozialarbeiter bei Ines Müller eingetroffen waren. Das Wohnzimmer mit der Schlafcouch war recht klein, das Kinderzimmer war kaum als Zimmer zu bezeichnen, eher als kleine Kammer. Lediglich die Wohnküche war so geräumig, dass ein größerer runder Tisch mit ganzen sechs Stühlen darin Platz hatte.

Vater Bosch legte Martin einfach auf den Boden, dann versammelten sich die fünf Erwachsenen um diesen runden Tisch und versuchten nun Brücken zueinander zu finden. Ines hatte eine Menge Fragen zu praktischen und rechtlichen Dingen, die ihr alle ordentlich beantwortet werden konnten. Immer wieder während des Gespräches beobachtete sie, wie sich Martin robbend über den Boden fortbewegte, wie er ab und an mit seiner Pflegemutter oder dem Pflegevater Blicke tauschte, um sich deren Gegenwart zu versichern, manchmal auch mit der Anrede „Mutti" oder „Vati". Tief beeindruckt sah sie, wie er schließlich neugierig mit seiner linken Hand, die ihm als einzige Extremität einigermaßen gehorchte, ihren Topfschrank öffnete und sorgsam eine kleine Pfanne herausnahm, um damit zu spielen. Plötzlich unterbrach sie ihre Fragen, schaute einen Augenblick versonnen Bärbel Bosch an und kurz auch deren Mann Achim. Dann stand sie auf und sagte mit zitternder Stimme: „Dann denke ich, das ist so für Ümit wie auch für Janine und Günal die beste Lösung. Es fällt mir zwar sehr schwer. Wenn der Kleine aber die Chance bekommt, alles das zu lernen, was dieser Martin kann, dann ist das die richtige Entscheidung." Bärbel Bosch stand ebenfalls auf, nahm die junge Mutter kurz und herzlich in die Arme, und dann brachen alle Besucher auf. Die Sozialarbeiter weiterhin zu ihren Pflichten und Boschs zurück ins Krankenhaus.

Martin durfte in seiner Rehakarre wieder mit zur Station, so konnten alle Drei gemeinsam das neue Familienmitglied mit der mitgeführten Tragetasche zum Auto holen. Inzwischen war auch Schwester Hanna im Dienst und hatte Ümit vorsorglich reisefertig gemacht. Sie zeigte Bärbel und Achim, wie der Monitor mit dem kleinen Mann zu verbinden sei, welche Besonderheiten seine Pflege verlange und welche Medikamente er wann bekommen müsse. Schließlich übergab sie ihn den Pflegeeltern mit der Bemerkung, „Ümit" sei ja das türkische Wort für „Hoffnung". Einen besseren Namen hätte der Junge gar nicht bekommen können. Von einer türkischstämmigen Kollegin hatte sie diese Begriffsklärung erhalten.

Der Anfang

Die Reise zum Wohnort verschlief Ümit problemlos in der sorgfältig verzurrten Babytragtasche. Martin schloss kein Auge. Wachsam beobachtete er aus seinem Autokindersitz das neue Brüderlein und schien an dem Knirps durchaus Wohlgefallen zu finden. Immer einmal brummte er zufrieden: „Ja, ja, gut, gut." Außer „Nein", „Mutti", „Vati" und „Leo" waren das bisher die einzigen Worte, die er deutlich und verständlich auszusprechen gelernt hatte. Für ein Kind mit einer frühkindlichen Cerebralparese, die eine Tetraspastik verursacht hatte, war das aber eine ungewöhnliche Leistung. Zur Überraschung der Eltern Bosch quittierte er in der Hofeinfahrt zu Hause das Begrüßungsbellen der Hündin der Familie mit dem erstmaligen Ausruf von deren Namen - samt Befehl: „Assi, aus!"

Als erfahrene Pflegefamilie hatten Boschs bereits eines der kleineren Zimmer im Obergeschoss ihres großen Hauses für den kleinen Neuzugang vorbereitet. Aber zuerst stellten sie die Tragetasche für einige Zeit samt Ümit in ihren Wohnbereich, damit er sich sofort an die neuen Geräusche und Gerüche gewöhnen könne, die ihn nun umgaben. Die Stimmen der drei noch im Haus lebenden größeren Kinder, Kai, Lene und Max, Martins Brabbeln und die vergnügten Laute Leos, das manchmal aufkommende Bellen der Hündin und Vieles mehr gehörte ja nun zu seinem Leben, das sich bisher vollständig im Schutzraum des Wärmebettchens und der

Säuglingsstation abgespielt hatte. Der Kleine war jetzt wach und verfolgte sichtlich aufmerksam aber völlig gelassen das muntere Treiben, das ihn nun umgab.

Auch die erste Nacht ohne die besondere Außenwärme des Bettchens, jedoch in seinem gut temperierten Zimmerchen, verlief ohne Störung. Achim Bosch hatte auf seinem Nachttisch die Empfangsstation einer Wechselsprechanlage stehen, deren Gegenstück in Ümits Zimmer auf Dauerempfang geschaltet war. So hätten Bärbel und er jeden Warnton des Monitors gehört wie auch etwaiges Weinen des kleinen Kerlchens. Leo benötigte diese Überwachung jetzt nicht mehr. Sollte etwas Beunruhigendes geschehen, war Achim sofort auf den Beinen und rannte die Treppe neben der Schlafzimmertür hoch. Anders als Bärbel konnte er nach einer solchen Aktion schnell wieder einschlafen, das hatte er schon oft beweisen müssen, besonders in den ersten Wochen mit Leo.

Bereits mit Martin hatten die Pflegeeltern gelernt, dass es erst Sinn machte, das neue Pflegekind im Kinderzentrum vorzustellen, wenn es mindestens ein Vierteljahr Zeit bekommen hatte, sich im neuen Nest einzugewöhnen. Also wurde ein Termin für den Frühsommer vereinbart, der März war gerade vorbei. Der für ihre Kinder zuständige Kinderarzt und Neurologe Dr. Peter Petersen, ein typischer Hamburger, der sich nach eigenem Bekunden der Liebe wegen „auf's Land verirrt" hatte, nahm sich für seine Erstuntersuchung immer ordentlich

Zeit. Ein aktuelles Sonogramm (Ultraschallbild) und ein Elektroencephalogramm (EEG) gaben ihm Auskunft über die Schäden am Gehirn. „Sie geben ihm doch weiterhin die Krampfschutztropfen, die Ihnen Dr. Höfer nach seinem Bericht mitgegeben hat?" Bärbel Bosch lächelte. „Sie kennen uns doch, Doktor. Natürlich haben wir gleich begonnen, den kleinen Mann aus dieser belastenden Medikamentierung herauszuschleichen. Alle vierzehn Tage haben wir, wie bei den beiden anderen, die Dosis um je zwei Tropfen verringert, bis wir gar keine mehr gaben. Er ist jetzt vier Wochen ohne. Und von Anfang an krampffrei. Der benötigt das Zeug nicht." Petersen grinste, damit hatte er gerechnet, diese Familie hatte Mut zum Experiment und ersparte ihren Kindern gerne unnötige Medikamente. Das Verblüffende für ihn war, dass alle Drei, Ümit nun also auch, deutliche Krampfspitzen im EEG aufwiesen, aber sichtlich noch nie einen epileptischen Krampf erlitten hatten.

Er verordnete dem Kleinen regelmäßige Physiotherapie und schickte dann Bärbel Bosch zum Therapiebereich, um nun auch für ihn entsprechende Termine zu organisieren. Die Mitarbeiterin am Tresen, die für die Planung zuständig war, suchte und fand Möglichkeiten, die Termine für alle drei Buben zusammen zu legen. Und dies auf Nachmittage, so dass Bärbel und Achim gemeinsam ihre Drei herbeibringen und betreuen konnten. Lediglich die logopädische Behandlung Martins musste einzeln gelegt bleiben. Dazu musste Bärbel wie bisher extra fahren. Doch nun waren erst einmal Sommerferien.

Für den zweiten Ferientag hatte sich Ümits Mutter angesagt, um nun zum ersten Mal die Pflegefamilie Bosch und ihren Sohn an deren Wohnort aufzusuchen. Als sie am Telefon die Verabredung dazu traf, teilte sie mit, sie werde vom Vater der Zwillinge mit seinem alten Auto herbeigebracht, und ihre beiden anderen Kinder seien auch dabei. Angesichts der weiten Reise hatte Bärbel Bosch vorgeschlagen, sie sollten schon vor Mittag kommen, mit Boschs gemeinsam zu Mittag essen und dann in ruhiger Runde sehen, wie sich das neue Leben Ümits anlasse. Wenige Minuten nach Elf brummelte dann tatsächlich der alte Golf Ahmets den Zuweg entlang. Zum Entsetzen Achims war weder die kleine Janine noch auch die Babyschale Günals irgendwie auf dem Rücksitz fixiert, geschweige denn korrekt gesichert. Für Janine gab es nicht einmal einen Autokindersitz.

Nach dem Mittagessen ging er deshalb erst einmal in das von Bärbel „Hilfsmittelraum" genannte kleine Dachbodenzimmer, wo alle die Dinge aufbewahrt wurden, die unter Umständen noch einmal wieder für ein Kind würden gebraucht werden. Dort stand der alte aber intakte Autokindersitz, den er früher für Max im Familienbulli verwendet hatte. Mit Ahmet ging er nun zu dessen Wagen, zeigte ihm, wie dieser Sitz samt Kind angeschnallt werde und führte ihm auch vor, dass die Schale Günals ebenfalls ohne Schwierigkeiten korrekt zu sichern sei. Der junge Mann war sehr erstaunt, welche Möglichkeiten es gab. Mit solchen Dingen hatte er sich nie beschäftigt. Ganz gerührt war er, als Achim ihm sagte, dass er den Kindersitz gerne für Janine behalten dürfe, bis sie groß genug sei, ohne diesen ordentlich angegurtet zu fahren. Und dass sowohl er als auch Ines von nun an den Kindern ein gutes Beispiel geben würden, sich selbst anzuschnallen, versprach er ebenfalls. Also noch nicht einmal das war den unbekümmerten jungen Leuten selbstverständlich gewesen. Achim mochte es kaum fassen.

Die Gespräche im Haus waren sichtlich recht lebendig. Während Lene sich intensiv mit Janine beschäftigte und die Zwillinge links und rechts von ihrer Mutter auf dem Sofa lagen, stellte Ines viele Fragen. Alles, was sie hier erlebte, war ihr fremd. Und die Fortschritte Ümits in diesem vergangenen Vierteljahr konnte sie kaum begreifen. Ahmet setzte sich dazu und hörte schweigend, was Ines mit den Pflegeeltern besprach. Plötzlich nahm er Ümit vorsichtig auf den Schoß und sagte: „Du hast das große Los gezogen, kleiner Mann. Und ich habe mich inzwischen dazu entschieden, Ines, bei dir einzuziehen, damit wir eine richtige Familie werden. Günal und Janine haben das bitter nötig, und wir beide, meine ich, natürlich auch." Tränen liefen über Ines Gesicht, deren sie sich aber nicht schämte. Sie merkte, dass die Eheleute Bosch sehr gut verstanden, was in ihr vorging. Nach einer guten Tasse Kaffee und einem ordentlichen Stück Kuchen sicherte Ahmet dann korrekt die beiden Kleinen, ermahnte Ines, sich nun immer ordentlich anzuschnallen und hätte vor lauter Eifer fast versessen, seinen eigenen Gurt anzulegen. Schmunzelnd wies ihn Achim darauf hin. Fröhlich hupend startete dann die gerade entstandene kleine Familie.

Alltag einer Pflegefamilie

Die ganze Familie Bosch ging am Folgetag mit ihrem großen Wohnmobil auf Reisen, lediglich Kai, der jüngste leibliche Bosch-Sohn, blieb alleine zu Hause, als Zivildienstleistendem waren ihm seine spärlichen Urlaubstage zu kostbar, die hatte er bereits anderweitig verplant. Und irgendwie war er nur noch halbwegs zu Hause, seinen Studienplatz und eine Studenten-WG in Magdeburg hatte er schon fest.

Mit der Sondergenehmigung des Pächters, mit dem sich Achim angefreundet hatte, durfte er mehrere Tage und Nächte auf einem Großparkplatz an der Ostsee stehen, auf dem sonst Wohnmobile nur stundenweise bis 20 Uhr verbleiben durften. Der Freund fand die Aufnahme behinderter Kinder eine großartige Sache und verhalf den Boschs immer wieder gerne zu ruhigen Ferientagen mit ihren Kindern. Manchmal kam er mit seiner Frau abends herbei, saß ein, zwei Stündchen gemütlich mit Bärbel und Achim zusammen in der Abendsonne, trank ein Fläschchen Bier und fragte die Beiden nach ihrem Leben aus. Umgekehrt geschah das natürlich auch. Diese Sommerreise hatte aber einige Besonderheiten. Leo, der mit einer Percutanen Endoskopischen Gastrostomie (Magendirektsonde), zumeist abgekürzt PEG genannt, versorgt war und ausschließlich durch diese ernährt wurde, hatte bereits auf dem Weg nach Osten ein wenig Blut gespuckt und wies im Magensaft, den Bärbel dann mehrmals täglich per Spritze in kleiner Menge herauszog, zwei Tage lang kleine Blutspuren auf. Dann war wieder alles normal.

Lene und Max genossen, dass das Meer ständig da war, anders als in der Nähe ihrer friesischen Heimat am Jadebusen. Oft nahmen sie den Hund und Martin in seinem kleinen Rollstuhl mit an den Strand. Bis zur Heimreise hatte er die Worte „Lene", „Kai", „Max", „Meer" und „Wasser" gelernt. Lene hatte die ihm so lange vorgesagt, bis er selbst damit gut zurechtkam. Offensichtlich hatte er auch deren Bedeutung verstanden, er wandte sie völlig korrekt an. Leo krabbelte um das Wohnmobil herum und lernte Bobbycar fahren. Ümit lag stundenlang im Schatten, blinzelte zum Himmel, verfolgte den Flug und das Geschrei der Möven und schlief immer wieder für einige Zeit ein. Nachts schliefen alle fünf Kinder wie die Murmeltiere, die Hündin Assi übrigens auch. Die Rückfahrt verlief zum Glück ruhig und ohne jede Störung.

Ganz anders der zweite Tag zu Hause. Leo erlitt einen plötzlichen Blutsturz, wurde einige Zeit vom mit dem Hubschrauber herbei geflogenen Notarzt notdürftig am Leben gehalten und starb dann in Bärbels Armen. Die älteste Pflegetochter Lene, die eine Gehbehinderung mit noch immer unklarer Ursache aufwies und der kerngesunde Max, den die Eheleute Bosch adoptiert hatten, trauerten heftig um den kleinen originellen Zappelbruder. Und auch Martin rief immer wieder suchend: „Leo, Leo!" Es dauerte schon einige Zeit, bis dieser Todesfall verwunden war. Um mit dem nicht unerwarteten, aber doch sehr plötzlichen Tod Leos zusammen mit den Kindern einen Abschluss finden zu können, war die Familie Bosch dann noch einmal einige Tage mit dem Wohnmobil unterwegs, diesmal an die Seen der Müritz.

Einige Zeit danach kam erneut ein schwerbehinderter Säugling in die Familie, wieder ein Kind mit sehr kurzer Lebenserwartung. Ümit indessen erwies sich als ein zwar immer noch zu leichter, aber recht stabiler kleiner „Futterverwerter", der oft und gern im Ställchen auf der Terrasse im Schatten des großen Ahornbaumes erste Versuche machte, sich von der Stelle zu bewegen. Deutlich war zu sehen, dass sowohl beide Beinchen als auch der rechte Arm stark von der schon anfangs bemerkten Lähmung befallen waren, der linke Arm wohl aber nicht. Dr. Petersen sprach von einer „Triparese", also einer Lähmung dreier Extremitäten.

Ümits Krabbelversuche zeigten deutlich, wenn der kleine Mann etwas wollte, ließ er nicht locker. Bald hatte er herausgefunden, dass ständiger Gebrauch seines intakten Armes diesen zunehmend stärkte. Dann bemerkte er, dass ihm das Kniegelenk des linken Beines gehorchte. So schaffte er es, leicht seitlich gedreht, mit erstaunlicher Geschwindigkeit auf dem Fußboden der Wohnstube voran zu kommen. Schaffte er das einmal nicht, wurde er richtig zornig. Das war alles sehr anstrengend, also schlief er weiterhin nachts fest und tief.

Inzwischen hatte Ines Müller fernmündlich berichtet, dass sie trotz der Kleinkinder beschlossen habe, sich in das Programm „Job statt Stütze" aufnehmen zu lassen und deshalb nun eine geförderte Ausbildung zur Familienpflegerin beginnen könne. Im Wechsel würden ihre und Ahmets Mutter die Kinder betreuen, wobei Janine sowieso durch die Aufnahme in einen Ganztagskindergarten recht selten betroffen sei. Die Stadt habe ihnen zudem eine größere Sozialwohnung zugewiesen, in der aktuell Ahmet mit seiner Schwester und einigen guten Freunden mehrere notwendige Renovierungsarbeiten durchführe. Als die kleine Familie dann im Spätherbst noch einmal herbeigefahren kam, waren der Umzug erledigt, die Ausbildung im Gange und alle vier sichtlich ganz zufrieden mit ihrem Dasein. Besonders schön war für Boschs, wie unkompliziert sich der Kontakt mit diesen Eltern Ümits gestaltete.

Als dieser etwa 14 Monate alt geworden war, geschah eines nachts, womit die Pflegeeltern, Dr. Petersen und die Physiotherapeutin eigentlich nicht mehr gerechnet hatten. Kurz nach Mitternacht wurden Bärbel und Achim durch lautes zweistimmiges Piepen aus dem Schlaf gerissen. Achim sauste barfuß die Treppe hinauf und sah an den Warnlämpchen, Ümit hatte gleichzeitig einen Atem- und einen Herzstillstand erlitten. Schon für Martin hatten Bärbel und er gelernt, ein Kleinkind zu reanimieren. So packte er den kleinen noch warmen Kerl, setzte sich auf einen im Raum stehenden Stuhl, legte Ümit quer über seine Oberschenkel und begann mit Herzmassage und Atemspende im Wechsel. Überraschend schnell kam das Herzlein wieder in Gang, und auch der Atem kehrte kurz darauf mit einem tiefen Seufzer wieder zurück. Als sich diese Körperfunktionen wieder gleichmäßig zeigten und am Monitor die Warnlichter sowie das Piepen ausgegangen waren, nahm Achim das Kind samt Monitor mit in das eheliche große Bett, legte ihn zwischen sich und seine Frau und schlief, als er wieder warm geworden war, schließlich auch wieder ein. Am folgenden Tag fiel ihm das Unterrichten etwas schwerer als sonst, solche Ereignisse zehren doch sehr. Und einiger Schlaf fehlte auch.

Für Ümit waren dieser kurze Ausfall seiner vitalen Funktionen und die Reanimation die entscheidende Krise. Von da an nahm er ordentlich zu und wuchs auch richtig. Im Bereich seiner Lähmungen gab es unerwartete Fortschritte. Er begann, Knie und Hüften anzuwinkeln, wenn auch in langsamer mühseliger Bewegung. Auch sein rechtes Ärmchen entwickelte bescheidene Bewegungsabläufe. Kurz vor seinem zweiten Geburtstag kniete er dann zum ersten Mal an der Kiste mit den Spielautos, griff eines heraus, ließ sich wieder zu Boden gleiten und spielte dann beglückt mit diesem, das er nun selbst hatte holen können. Wenn man ihn auf das Hochstühlchen am Tisch setzte, benötigte er allmählich kein Stützkissen mehr hinter dem Rücken. Und irgendwann saß er dann völlig frei im Kleinkindersitz der

Einkaufswagen im Großmarkt. Von da an wurde er Bärbels ständiger Begleiter bei ihren wöchentlichen Großeinkäufen.

Seine ersten Worte kamen nur unwesentlich verzögert gegenüber der durchschnittlichen Sprachentwicklung von nichtbehinderten Kindern. Zum Ausgleich für die Verspätung erwarb er aber verblüffend schnell einen recht umfangreichen Wortschatz. Darin unterschied er sich entscheidend vom wenig jüngeren Pflegebruder Tim. Boschs hatten durch Dr. Petersens Ultraschall- und EEG-Untersuchungen und ein MRT in Bremen bald gelernt, dass Tim nicht nur blind war, sondern auch durch das Fehlen eines Kleinhirnes und starker Fehlbildungen des Großhirnes keine große Chance hatte, seine durchaus kraftvollen Bewegungen je ordentlich zu steuern, erst recht nicht, sprechen zu lernen. Eher verlernte er Dinge, die er zuerst ganz gut beherrscht hatte, beispielsweise das Schlucken. Abhilfe schaffte eine PEG, wie Leo sie gehabt hatte, die Tim aber sehr gut verkraftete. Anders als bei Leo wussten die Ärzte nunmehr auch, dass PEG-Kinder Magenschutzmedikamente benötigen.

Wenn Bärbel ihre Einkäufe erledigte, wurde Ümit oft vom Personal des Großmarktes ein wenig verwöhnt. Hier ein kleiner Schokoriegel, dort eine Scheibe Wurst, und in der Obst- und Gemüseabteilung immer eine Banane, stets von der gleichen mütterlichen Kundenberaterin. Eines Tages hatte Max einigen Bedarf an Heften und Stiften für die Schule. So fuhr er mit zum Einkaufen. Als Ümit nun seine Banane überreicht bekam, sah er die Verkäuferin freundlich an und meinte: „Mein Bruder hat auch Hunger." Was blieb der guten Frau übrig? Max wurde auch mit einer Banane versorgt.

Auch eine andere Episode in jenem Großmarkt ist des Erzählens wert. Dieser Markt findet sich im gleichen Städtchen, in dem Vater Achim an der Hauptschule unterrichtet. Eines schönen Tages fiel Mutter Bärbels Einkaufstag mit dem Termin einer nachmittäglichen Zeugniskonferenz zusammen. Zu Hause versorgte zu Mittag Bärbels Haushaltshilfe Lene und Max und sorgte für Tims Windelwechsel. Martin war ganztags im Kindergarten der Lebenshilfe. Bärbel und Achim trafen sich nun zum Mittagessen in der Cafeteria des Marktes. Umit thronte im Einkaufskorb, hatte seine Pommes vor sich stehen und verspeiste eine nach der anderen, nachdem er sie mit seiner guten Hand vom Teller gefischt hatte. Achim hatte die zugehörige Bratwurst in Stücke geschnitten und half ihm, diese mit der Gabel aufzustechen und zum Mund zu führen. Am Nebentisch saßen vier ältere Leute, sichtlich zwei Ehepaare. Einer der Männer tönte lauthals, so was wie diesen kleinen Krüppel hätte man zu Führers Zeiten nicht großgezogen, sondern rechtzeitig vergast.

Noch ehe sich Bärbel und Achim fassen und eine entsprechende Antwort geben konnten, stand plötzlich zwei Tische weiter ein Mann mittleren Alters auf, der die typische Mitarbeiterjacke mit dem Markenaufdruck der

Marktkette trug. Er trat zu dem lautstarken Mann und sagte in scharfem Ton: „Sie verlassen jetzt sofort unser Haus und erhalten mit Wirkung von heute Hausverbot. Kunden mit solchen menschenverachtenden Ansichten, die auch noch die Unverschämtheit besitzen, diese öffentlich beleidigend zu äußern, wollen wir keinesfalls bedienen." Dann drehte er sich um, strich dem Kleinen freundlich über die Haare und setzte sich wieder zu seinen Kollegen. Bärbel kannte diesen Mann ganz gut, er war der stellvertretende Marktmanager, der ihr schon bisweilen am Informationsschalter Auskunft und Rat gegeben hatte.

Die in unregelmäßigen Abständen durchgeführten Besuche aus dem Ruhrgebiet gestalteten sich jeweils außerordentlich entspannt und herzlich. Mit Lenes Eltern hingegen, die getrennt lebten, waren jeweilige Kontakte so lange ziemlich unerfreulich verlaufen, bis der Vater von sich aus diese lästige Pflicht aufkündigte und die alkoholkranke Mutter in einer psychiartrischen Klinik landete, in der sie wenig später zuerst in ein Delirium verfiel und Monate später verstarb. Martins Mutter, die selbst im Rollstuhl saß, konnte nur schlecht herbeikommen. Also nahmen mindestens einmal Jährlich Boschs den Jungen ins Auto und besuchten mit ihm ihrerseits die behinderte Frau. Mit ihr waren die Kontakte ähnlich problemfrei wie mit Ümits Eltern. Tims Mutter hingegen hatte dem Jugendamt mitgeteilt, sie wisse nicht, welcher der vielen Männer, mit denen sie etwas gehabt habe, wohl Tims Vater sei, im entsprechenden Zeitraum kämen elf infrage. Da sie bei Tims Geburt selbst noch minderjährig und in der Beschaffungsprostitution für ihren Drogenbedarf versackt war, gab es von ihrer Seite kein Kontaktinteresse. Die beiden zuständigen Jugendämter waren damit durchaus zufrieden, Boschs auch.

Kindergartenzeit

Wie Martin und auch täglich mit diesem zusammen konnte Ümit nun in den Kindergarten der Lebenshilfe fahren. Während Martin in seinem Rollstühlchen mit der soliden gezogenen Sitzschale durch einen entsprechenden Lift in den Bus der Lebenshilfe gehoben und fachgerecht fixiert wurde, konnte Ümit, leicht wie er war, vorerst im Autokindersitz transportiert werden. Das Personal begriff sehr schnell, dass hier ein Kind mit großem Ehrgeiz, seine Bewegungen zu verbessern und sein Verständnis für die Welt zu vergrößern, vor allem Freiräume, eher zurückhaltende Motivation und selten direkte Hilfe benötigte. Seine Forderung „Alleine!" wurde jeweils sofort ernst genommen. Die Leiterin seiner Gruppe überlegte sich einzelne Schritte und definierte gemeinsam mit den Pflegeeltern immer wieder neue Nahziele, wenn die bisherigen erreicht waren. Gute Beziehungen zu den anderen Kindern brachte er erstaunlich gut selbst zustande. Seine einzige wirklich belastende Schwäche war, dass er sich gerne und schnell aufregte und dann einen regelrechten Wutanfall entwickelte. Zum Glück waren diese Zornausbrüche genauso schnell wieder vorbei, wie sie ausgebrochen waren.

Zu Hause beobachtete er mit deutlicher Begehrlichkeit die durchaus erfolgreichen Versuche Martins, den kleinen Elektrorollstuhl zu steuern, den ihm die Krankenkasse zugestanden hatte, obwohl zu jener Zeit noch oft die Meinung herrschte, ein so junger Mensch benötige keinen Rollstuhl, schon gar keinen elektrischen. Eines Sonntags, das Wetter war wunderschön, fragte Vater Achim seinen Martin, ob er wohl einverstanden sei, dass Ümit auch einmal das Fahren des E-Rollis versuche. „Gut, gut. Ümit soll." stimmte Martin großzügig zu. Da beide Kinder alle ihre Tätigkeiten linkshändig zu machen gezwungen sind, war der Fahrpult mit dem Joystick auch für den Kleinen auf der richtigen Seite montiert. Völlig verblüfft erlebten nun seine Zuschauer, wie er den E-Rolli geschickt und zielsicher vor dem Haus herumkutschierte. Er hatte sich sehr genau angeschaut, wie Martin das machte, und hatte den Bogen sofort raus. Nach einiger Zeit rief er „Schneller!". Achim wagte tatsächlich, das Fahrzeug eine Stufe schneller zu stellen. Siehe da, der kleine Kerl kam prompt auch mit dem größeren Tempo zurecht.

Nun musste natürlich sofort ein Angebot des Sanitätshauses beschafft werden. Während Martin über Achim privat familienversichert war, hatte Ahmet die Zwillinge beide in seiner Versicherung entsprechend versichern können. Wie würde wohl dessen Krankenkasse mit dem Plan umgehen, einem Dreijährigen einen Elektrorollstuhl zu geben? Es kam wie erwartet. Sanitätshaus und beide Familien erhielten eine Weigerung der Kasse, das Hilfsmittel anzuschaffen. Achim, der bereits einige Erfahrung im Umgang mit Kostenträgern verschiedenster Art hatte, legte mit Ahmet gemeinsam Widerspruch ein und forderte die Krankenkasse auf, den „Medizinischen Dienst der Krankenkassen" (MDK) mit einem Gutachten zu beauftragen, bei dem der kleine „Patient" in Augenschein zu nehmen sei, also nicht nach Aktenlage entschieden werde. Achim kannte die Gesetzeslage gut genug um zu wissen, dass daraufhin der MDK mindestens einen Fachmann schicken werde. So kam es dann auch. Als der Arzt und der Rehatechniker, die gemeinsam angereist waren, sahen, wie Ümit mit Martins E-Rolli umgehen konnte, befürworteten sie die Anschaffung.

Das Modell, mit dem Martin versorgt war, erwies sich glücklicherweise als das preisgünstigste der drei in Frage kommenden. So waren dann zwei nur durch ungleich große Sitzschalen und farblich unterscheidbare, sonst aber völlig gleiche E-Rollis im Haus. Ein Vorteil dieses Modells war, dass auf dem Sitzträger nacheinander verschieden große Sitzschalen montiert werden konnten, die zur Nachrüstung nicht einmal übermäßig teuer waren. Also wuchs die Ausstattung mit. Zudem konnte dieser Sitzträger wie die Gabel eines Hubstaplers an einer Doppelschiene elektrisch auf- und abfahren, durch einen einfachen Kippmechanismus der Fußstütze sogar so weit zum Fußboden hin, dass Ümit recht bald selbst auf den Sitz krabbeln und auch wieder absteigen konnte. Martin benötigte stets Hilfe. Die Beiden waren bei geeignetem Wetter nach Kindergarten und Schule wie erst recht an freien Tagen ständig mit ihren Fahrzeugen auf dem

Gelände rund ums Haus unterwegs. Abends waren die Akkus oft ziemlich knapp vor der Tiefentladegrenze. Nachbarskinder kamen zum Spielen und ließen sich gerne auf den kleinen Plattformen hinter den Sitzen herumkutschieren. Ein technisches medizinisches Hilfsmittel im Dienst der Inklusion, besser konnte es nicht sein.

Martin war also inzwischen in den Schulbereich der Tagesbildungsstätte gewechselt und wurde dort bestmöglich intellektuell gefördert. Er begann, korrekte Kurzsätze zu verwenden, und lernte sogar allmählich, eine ganze Menge Worte lesend wieder zu erkennen. Waren die ihm bekannten Worte aufgeschrieben, las er die kleinen Sätze fehlerlos. Als der Jugendarzt des Kreisgesundheitsamtes wegen eines anderen Kindes einmal die Einrichtung besuchte, beobachtete er fasziniert diese Fähigkeiten Martins. Da er dessen Behinderung von der Schuluntersuchung her noch kannte, war er über die Fortschritte des Jungen sehr erstaunt. Er sagte zu der Gruppenleiterin: „Das ist nicht nur der erste Tetraspastiker in meiner Laufbahn, der richtig spricht, sondern auch der erste, der dadurch beweisen kann, dass er sogar korrekt lesen lernt." Das machte die tüchtige Pädagogin recht stolz.

Bärbel und Achim hatten schon früh vorgeschlagen, Martin mit seinem E-Rolli zum Unterricht zu schicken, das Personal der Lebenshilfe schreckte da jedoch zurück. Nun war aber Martins E-Rollstuhl inzwischen sechs

Jahre alt, mehrfach repariert und schließlich trotz größter Sitzschale für den kräftigen Burschen zu klein geworden. Da sich terminlich gut organisieren ließ, dass einer der infrage kommenden Nachfolger, der im Bestellfalle von einem anderen Hersteller geliefert werden sollte, in der Tagesbildungsstätte vorgeführt und ausprobiert werden konnte, erlebten die dortigen Mitarbeiter erstaunt, mit welchem Geschick Martin selbst dieses ihm fremde Hilfsmittel zu bedienen verstand.

Seit der neue Stuhl genehmigt und geliefert worden war, reiste der Junge nun täglich mit diesem zur Bildungsstätte und verursachte damit dann für den einen oder anderen Mitschüler die Bereitschaft der Eltern und Erzieher zur Ausstattung mit einem Elektrorollstuhl. Mit der im Bus vorhandenen soliden Transportbegurtung für Rollstühle war auch der Transport des E-Rollis mit Martin auf dem Sitz eine sichere Sache, zumal dieser Rollstuhl mit sogenannten Kraftknoten für die schnelle Verbindung mit den speziellen Fahrzeuggurten ausgerüstet war und eine solide Kopfstütze hatte.

Grundschule

Auch Ümit war schon im Kindergarten ein Vorzeigekind. Alles, was es zu lernen gab, versuchte er schnellstens richtig aufzufassen. Meistens gelang ihm das auch. So nimmt es nicht Wunder, dass sein Gruppenleiter beim Elterngespräch am Ende des zweiten Kindergartenjahres das Vorhaben äußerte, den immer noch verblüffend kleinen Kerl so weit zu bringen, dass er in der zuständigen Grundschule das dortige Angebot integrativen Unterrichtes annehmen könne. Jetzt gab es eine Menge zu tun. Bärbel besprach mit dem Schulleiter, wie dieses nunmehr erste Rollstuhlkind die beiden Stufen zum Haupteingang überwinden könne, und ob es möglich sei, seine Klasse so zu beschulen, dass nur Räume im Erdgeschoss genutzt würden. Für das erste Schuljahr konnte er das zusagen, doch dann müsse die Klasse zu einigen Stunden auch über die Treppe hinauf. Ob nicht bis zur Einschulung dafür gesorgt werden könne, dass für Ümits Rollstuhl ein Treppensteiger genehmigt werde? Der Mann kannte sich erstaunlich gut aus. Außerdem gab er Bärbel eine Broschüre mit, in der beschrieben wurde, wie und wo ein Schulbegleiter für den Jungen zu beantragen sei. Ohne einen solchen lasse sich wegen seiner Körperbehinderung die notwendige gemeinsame Beschulung mit den nichtbehinderten Kindern nur schwerlich durchführen.

Achim hatte indessen den ersten Versuch unternommen, die Fahrt zur Schule und wieder nach Hause zu organisieren, immerhin wohnten Boschs knapp fünf Kilometer von Standort der Grundschule entfernt. Wie andere Kinder mit dem Fahrrad täglich zur Schule, oder bei schlechtem Wetter mit dem Schulbus, war ja nicht möglich. Zuerst musste im Schulamt des Kreises die Kostenträgerschaft geklärt werden, das klappte erstaunlich reibungslos. Dann machte er sich daran, einen Fahrdienst zu finden, der den Jungen ab kommendem Sommer schultäglich in seinem Rollstuhl, nicht dem elektrischen, hin und her befördern könne und wolle. Die Taxiunternehmen mit den geeigneten Fahrzeugen waren um die in Frage kommenden Zeiten für Fahrten im Dienst der Lebenshilfe, der anderen Förderschulen oder der Behindertenwerkstätten im Kreis fest gebucht. Die beiden Fahrdienste der großen Altenheime wollten sich nicht terminlich binden, da waren Dialysetermine und Ähnliches im Weg. Also blieb schließlich noch die Anfrage bei einem gemeinnützigen Träger, der zwar auch Seniorenfahrten durchführte, aber als recht flexibel galt.

Bei der Verhandlung mit der Geschäftsführung kam Achim plötzlich die Idee, ob nicht derselbe Dienst auch für die Schulbegleitung sorgen könne. Und, oh Wunder, die Frage nach dieser Kombination gab schließlich den Ausschlag dafür, dass der Dienst sofort der Schulbehörde ein entsprechendes Angebot für beide Dienste unterbreiten wollte. Achim hatte recht schnell bemerkt, dass die Auslastung der jährlichen jeweils zwei Zivildienstleistenden ein Problem darstellte, welches sich mit diesen neuen Aufgaben würde lösen lassen. Seine nächsten Bemühungen galten dann der Frage, wie sich das Treppensteigen werde organisieren und sicherstellen lassen. Eingedenk der oft langen Fristen bis zur Gewährung solcher Hilfsmittelversorgungen schien es ihm ratsam, schon jetzt das Sanitätshaus mit der Sache zu befassen. Das Eigentümerehepaar des Sanitätshauses, mit dem sich in den zurückliegenden Jahren eine gute Freundschaft entwickelt hatte, sorgte nun dafür, dass von drei Herstellern die Geräte durch deren jeweiligen Außendienstler in ihrem Sanitätshaus vorgeführt wurden, immer im Abstand von einer Stunde.

Der Abstand war zum Einen dafür gut, dass sich die Außendienstler nicht begegnen mussten, vielleicht wäre das besser so. Zum Anderen konnte sich Ümit zwischen den doch reichlich aufregenden Treppenfahrten - das war ja etwas völlig Unbekanntes für ihn - ein wenig erholen. Und drittens gab es den vier Erwachsenen Zeit, behaglich mit dem Jungen eine Tasse Kaffee und ein Stück Kuchen zu verzehren und sich ein wenig zu unterhalten. Der zweite Vorführer war dann fast eine halbe Stunde zu spät, weil er im Stau festgesessen hatte. Die Folge war immerhin ein recht langes und gemütliches Kaffeestündchen und außerdem, dass sich dann doch zwei der Außendienstler begegneten. Das war aber gar nicht schlimm. Eher berührend war, mit welcher Herzlichkeit sich beide begrüßten. Vor noch gar nicht langer Zeit hatten beide in einem großen Hamburger

Sanitätshaus gemeinsam gearbeitet. Nachdem nun alle drei Produkte ihre Alltagstauglichkeit bewiesen hatten, erklärte Ümit klar und einsichtig, der Apparat des zweiten Vorführers sei ihm am liebsten, da habe er sich sicher gefühlt. Dass er damit eines der beiden preisgünstigeren Modelle gewählt hatte, dessen Adapter zudem ohne großen technischen Aufwand an seinen Rolli würde montiert werden können, war für die Verhandlung mit den Kostenträgern eine schöne Erleichterung.

Die Krankenkasse reagierte sehr schnell und teilte mit, sie sei gar nicht für diese Versorgung zuständig, sondern das örtliche Kreisschulamt. Dahin habe man ordnungsgemäß das Angebot des Sanitätshauses weitergeleitet. Das Amt erklärte sich - ebenfalls erstaunlich schnell - für „sachlich zuständig" wie für die Sonderfahrten. Dann gab es dort noch eine etwas umständliche Prüfung der Wirtschaftlichkeit der Versorgung. Man stellte aber letztlich im Einklang mit dem Schulleiter fest, dies sei die bei Weitem sinnvollste und zudem preisgünstigste Lösung, denn so könne auch langfristig Ümits späterer Schulbesuch der Hauptschule sichergestellt werden.

Der Übergang des Jungen in den Schulalltag verlief dann schließlich recht unkompliziert. Wenige Wochen vor seinem siebten Geburtstag wurde er eingeschult. In seiner Schule waren zu dieser Zeit alle Klassenstufen zweizügig. Die sieben Kinder mit Förderbedarf beider Klassen dieses ersten Schuljahres nahmen an möglichst vielen Unterrichtsstunden aller Kinder teil. In einigen Stunden wurden sie als kleine Förderklasse von einer Lehrkraft betreut, die von der kreiseigenen Förderschule für diese Aufgabe abgestellt wurde. Da nur in drei Klassenstufen Förderkinder zu unterrichten waren, und die acht Kinder der Stufen Drei und Vier gemeinsam Förderunterricht erhielten, hatte sie für jede Gruppe jeweils zwölf Stunden zur Verfügung. Diese luxuriöse Situation konnte entstehen. weil in beiden Fördergruppen Kinder mit „extrem hohem Förderbedarf" – Ümit beispielsweise – die zugewiesene Stundenzahl erhöhten. Überforderungen durch den allgemeinverbindlichen Lehrstoff konnten so bestens ausgeglichen werden.

Der erste Zivildienstleistende, der als Schulbegleiter eingesetzt wurde, hatte anfangs gar keine Vorstellung, wie sich denn wohl seine Aufgabe gestalten solle. Glücklicherweise war er ein Abiturient, der bereits den Beschluss gefasst hatte, Realschullehrer zu werden. Also war pädagogisches Interesse bei ihm vorhanden. Außerdem besaß er ein durchaus ordentliches Selbstbewusstsein, das ihn in die Lage versetzte, sowohl mit dem erfahrenen Klassenlehrer als auch der Förderlehrerin aufmerksam die Notwendigkeiten, aber auch die Grenzen des Förderbedarfes bei Ümit zu entdecken und dann auch als Aufgabenbeschreibung niederzuschreiben. Besonders die Beobachtungen, was Ümit alles ohne Hilfe erledigen konnte, waren für dessen Fortschritte wichtig. Verwöhnen hätte seinen Eifer gebremst. Dieser erste Zivi hat entscheidenden Anteil daran, dass Ümit mit nur zwei Jahren Verzögerung schließlich eine Schulkarriere erleben konnte, die seine Behinderungen kaum hatten erwarten lassen. Alle seine Nachfolger, immerhin durch die spätere Verkürzung der Zivi-Pflichtzeit durch die Politik insgesamt zwölf junge Männer, nutzten seine Pläne zur Unterstützung. Natürlich waren nicht alle ganz perfekt, aber doch anstellig genug, um dem Jungen die Schulzeit erheblich zu erleichtern. Der Transport Ümits mit dem Treppensteiger erwies sich als hervorragende Möglichkeit, ihn stets auch im Obergeschoss am Unterricht teilnehmen zu lassen. Die Zivis lernten schnell, ihn damit zu befördern und hatten sichtlich eine Menge Spaß an der Technik dieses Hilfsmittels.

Eine herausragende Rolle für den Erfolg seines Grundschulbesuches spielte die Sportlehrerin. Zuerst stand sie der Aufgabe, das Rollstuhlkind in den Sportunterricht zu integrieren, etwas hilflos gegenüber. Nachdem sie aber ein ausführliches Gespräch mit Bärbel und Achim sowie daraufhin auch mit Ümits Physiotherapeutin geführt hatte, zeigte sie eine bewundernswerte Kreativität im Erfinden von sportlichen Spielen mit der ganzen Klasse, in die sie Ümit auf verschiedene Weise einbinden und sich bewegen lassen konnte. Er liebte diese Stunden. Und die Zivis genossen es sichtlich, während dieser Zeit nur Sicherheitspersonal zu sein. Die Grundschulzeit dauerte für Ümit fünf Jahre, da beide Lehrer es für sinnvoll erachteten, ihn den doch schwierigen Stoff der vierten Klasse zweimal bearbeiten zu lassen. Der Plan ging auf, sein Einstieg in die Hauptschule verlief reibungslos.

Bevor jedoch das neue Schuljahr begann, schaffte Ümit einen wichtigen Fortschritt mit Hilfe seiner Physiotherapeutin Karin, die er ihrer Unerbittlichkeit wegen immer „meine Hexe" nannte – er hatte sie sehr gern. Da er immer wieder an der Tischkante entlang Schritt für Schritt auf den Füßen vorwärts kam, hatte sie begonnen, mit ihm das langsame Gehen mit Unterarmgehstützen zu üben. Niemand hat gezählt, wie oft er hingefallen ist, bis er das gelernt hatte, ohne zu fallen. Da das immer einmal doch vorkommen konnte, hatte sie sogar anfangs das richtige Fallen mit ihm trainiert. Das Ganze wurde zu einem enormen Zugewinn an Bewegungsfreiheit, zumal er dadurch auch lernte, angelehnt zu stehen. So konnte er Bärbel oft in der Küche helfen, was er leidenschaftlich gerne tat.

Lene hatte inzwischen ihre Realschulzeit beendet. Trotz zahlreicher Bewerbungen hatte sich bisher niemand finden lassen, der sie mit ihrer Gehbehinderung hätte ausbilden wollen. Sie war schon fast am Verzweifeln und Boschs reiflich hilflos, als eine Lokalreporterin einen Zeitungsartikel über die Ausbildungsprobleme im Allgemeinen und jene im Landkreis im Besonderen veröffentlichte, in dem auch Lenes Probleme eine Rolle spielten. Auf einem recht munteren Foto war Lene mit zwei ebenfalls betroffenen Mitschülern abgebildet. Noch in der gleichen Woche vermittelte die Reporterin der aufmerksam gewordenen Inhaberin einer kleinen Konditorei den Kontakt zur Familie Bosch, die Lene sofort zum Vorstellungsgespräch einlud. Alle Berufe im kreativen Lebensmittelbereich hatte sie der Reporterin als für sie interessant genannt. Das Vorstellungsgespräch erbrachte den erhofften Erfolg, Lene würde Konditorin werden können. Und in den Betrieb kommen konnte sie mit dem Linienbus.

Hauptschule

Durch den Unterricht in einmal dem Raum für die Fördergruppe, dann dem Klassenraum der „Partnerklasse", deren offizieller Schüler Ümit ja war, und schließlich in verschiedenen Fachräumen wurde der Treppensteiger erheblich häufiger eingesetzt als in der Grundschule. Am Ende des Unterrichtes musste der zwingend an das Ladekabel, sonst war der nächste Schultag nicht ohne Schwierigkeiten zu bewältigen. Nachdem nun doch mehr und schneller geschrieben werden musste als zuvor, schlug sein aktueller Zivi vor, Ümit mit einem Laptop zu versorgen. Mit einer Tastatur hatte es der Junge auch leichter, fehlerfreier und entzifferbar zu schreiben. Und das, obwohl er auf diese Weise viel schneller schreiben konnte. Mit dem eigenen Laptop hatte der Zivi (der später als fertiger Diplomingenieur und Familienvater immer den Kontakt zu Ümit aufrecht erhalten hat) das in Absprache mit den lehrenden Personen ausprobiert. Erstaunlicher Weise übernahm das Schulamt auch für dieses Hilfsmittel die Kosten. Der Junge durfte in der Folge schließlich seine Hausaufgaben auf dem Rechner erledigen, soweit nicht Formblätter auszufüllen waren. Die Biologielehrerin ließ ihm ihre Blätter sogar über einen USB-Stick als Word-Datei auf seine Festplatte übertragen, so dass er sie zu Hause digital bearbeiten konnte.

Max hatte inzwischen ein ordentliches Fachabitur im technischen Bereich geschafft und in Bremen eine

Ausbildungsstelle im System des dualen Studiums gefunden. Ein eigentlich kleiner Maschinenausrüster, ein typisches Familienunternehmen mit tatsächlich gerade einmal vierzehn Mitarbeitern, hatte einen solchen Ausbildungsplatz im Internet ausgeschrieben und zugleich eine spätere Übernahme in Aussicht gestellt. Beim Vorstellungsgespräch sagte ihm der Inhaber des Betriebes: „Wenn wir ausbilden, dann nur für den eigenen Bedarf, mehr können wir uns nicht leisten." Mit ihm zusammen begann dann auch nur noch eine einzige junge Frau ihre duale Ausbildung im kaufmännischen Bereich, das war die Tochter der Inhaberfamilie. Damit er nicht pendeln musste, das waren immerhin 72 Kilometer, suchte und fand er in der Nähe der Ausbildungsfirma eine schlichte, jedoch recht geräumige Dachgeschosswohnung, die sogar bezahlbar war. Anders als in vielen anderen Großstädten Deutschlands war in jenen Jahren zumindest in den Außenbereichen der Hansestadt Wohnraum noch nicht überteuert.

Für Ümits Förderung spielte wieder der Sportunterricht eine besondere Rolle. Der zuständige junge Sportlehrer weigerte sich, ihn in irgendeiner Weise in seinen Sportunterricht einzufügen. Er war nämlich grundsätzlich der Auffassung, eingeschränkte Schüler hätten in der Regelschule nichts verloren. Wie der wohl später mit der politisch verordneten Inklusion zurechtgekommen sein mag? Na, jedenfalls erwies sich seine Weigerung als Glücksfall. Der Schulleiter, selber Sportlehrer, fuhr jeden

Donnerstag in den ersten beiden Stunden mit einer Kollegin und wechselnden Sportgruppen ins Hallenbad im nahen Städtchen. Weil der Kollege den Rollstuhlschüler nun mal nicht im Sportunterricht haben wollte, wurde der Stundenplan so verändert, dass Ümit stets und bei jeder Schwimmgruppe mit dabei sein konnte.

In Badehose und Shirt marschierte der Schulleiter dann ständig entlang des Beckens, um notfalls hineinspringen zu können, und erteilte Ratschläge. Die Lehrkraft und der jeweilige Zivi waren immer mit den Kindern im Wasser. Und Ümit eben auch. Im Handumdrehen lernte er, sich mit offenen Augen unter Wasser zu bewegen und rechtzeitig zum Atemholen nach oben zu kommen. Als er das sicher beherrschte und sogar eine Methode gefunden hatte, unter Wasser flott voran zu kommen, verlegten die Lehrer diesen Bewegungsablauf seines Streckentauchens so weit nach oben, dass er schließlich auch recht lange an der Wasseroberfläche schwimmen konnte. Die Erwartung des Schulleiters, die Lähmungen seien im Wasser weniger hinderlich für die notwendigen Bewegungsabläufe, hatten ihn nicht getrogen. Mit zwei Schwimmabzeichen, die Ümit zum Ende seiner Hauptschulzeit hatte erreichen können, war er mehr als glücklich.

Als es immer schwieriger wurde, Zivis zu finden, stellte der Hilfsdienst drei ältere Herren, alle drei Frührentner, auf Zusatzlohnbasis ein, die vorwiegend den Fahrdienst erledigten. War der Zivi mal krank oder zu Pflichtkursen abkommandiert, sprangen zwei der Männer - natürlich jeweils nur einer - gerne als Schulbegleiter ein. Und sie machten ihre Sache zunehmend sehr gut. Ümit erklärte die Beiden zu seinen „Opa-Zivis" und entwickelte herzliche Beziehungen zu ihnen. Insgesamt klappte seine Unterstützung bis zum Schulabschluss tatsächlich sehr gut.

Zu Hause erlebte Ümit in diesen Jahren manche einschneidende Veränderung. Eine davon war seine Entscheidung, mit den ihm wohlbekannten Gleichaltrigen an den Konfirmandenstunden teilzunehmen und sich dann am Ende der Konfirmandenzeit taufen und konfirmieren zu lassen. Weil seine Mutter Ines katholisch und sein Vater Moslem waren, hatten Boschs anders als bei allen ihren anderen Kindern bewusst vermieden, ihn in eine irgendwie geartete religiöse Richtung zu beeinflussen. Achim war seit Jahren Mitglied im Gemeindekirchenrat ihrer evangelisch-lutherischen Kirchengemeinde. Folgerichtig waren alle anderen Kinder evangelisch getauft und auch konfirmiert. Tim war auch getauft, würde aber wohl nicht konfirmiert werden können, er erfasste solche Dinge ja gar nicht. Ümit hatte aber von sich aus in der Schule stets am evangelischen Religionsunterricht teilgenommen, in dem er die Mehrheit seiner Klassenkameraden wusste. Nun war er vierzehn Jahre alt und konnte selbst entscheiden.

Die beiderseitigen Elternpaare waren mit seiner Entscheidung zufrieden.

Der Gottesdienst, in dem Ümit getauft und dann mit seinen Freunden konfirmiert wurde, war für die herbei gereisten Verwandten seiner Eltern ein bewegendes Erlebnis. Das verdankte Ümit der klugen jungen Gemeindepfarrerin, die mit seiner Situation vertraut war und die ganze Konfirmationsfeier sehr bewusst darauf eingestellt hatte. Auch den Angehörigen der anderen Konfirmanden gefiel dieser Gottesdienst, darüber wurde noch nach Wochen im Dorf positiv gesprochen. Die anschließende Familienfeier in Boschs großem Haus und weitläufigen Garten, bei schönstem Wetter besonders entspannt, hat allen Beteiligten große Freude gemacht. Bei späteren Besuchen der Eltern Ümits war die Erinnerung an diesen Tag immer einmal wieder Gesprächsthema. Vor allem Ahmet war sehr froh, dass seine Familie so herzlich einbezogen worden war und deshalb auch Ümits Entscheidung, evangelisch sein zu wollen, widerspruchslos akzeptieren konnte.

Lene brachte ihre Ausbildung erfolgreich zu Ende. Da die langjährige Mitarbeiterin ihrer Chefin fast zeitgleich in Rente ging, konnte sie sogar übernommen werden. Als sich das abzeichnete und somit auch die wirtschaftliche Grundlage für ein eigenständiges Leben, ging sie im Städtchen gezielt auf Wohnungssuche. In einem flachen Nebengebäude des ehemaligen, nun Wohnzwecken zugeführten Feuerwehrhauses fand sie eine gerade eben fertig gestellte kleine feine Wohnung, die ihr einen ebenerdigen Zugang ermöglichte, angesichts ihrer Gehbehinderung ein Glücksfall.

Martin erzählte jedem, der es hören wollte: „Ich ziehe auch bald aus." Um das möglich zu machen, gingen Bärbel und Achim nun mit ihm auf Rundreise, um eine für ihn geeignete Lebensmöglichkeit zu finden. Die dritte besuchte Einrichtung gefiel nicht nur Boschs sehr gut, sondern auch er verkündete: „Hier will ich wohnen." Demzufolge kam er auf die Warteliste. Und schon wenige Wochen vor seinem 18. Geburtstag war ein Wohnplatz frei geworden. Also wurde sein Umzug veranstaltet. Erstaunlich schnell fand er sich dann in seinem neuen Leben zurecht.

Max berichtete bei seinen recht seltenen Besuchen mit großer Begeisterung von seinem dualen Studium, dem guten Klima in seiner Ausbildungsfirma und manchen netten Erlebnissen mit einer kleinen Gruppe von Dualstudenten, die sich allmählich zusammengefunden hatte. Etwa drei Monate vor seinem Abschlussexamen - er war schon länger nicht zu Hause gewesen - fuhr eines Samstag morgens ein hübscher kleiner Roadster mit offenem Verdeck in die Einfahrt des Hauses der Familie Bosch. Ümit, der zufällig gerade am Fenster stand, vermeldete erstaunt: „Das ist Max, seit wann hat der denn ein Auto?" Dann beobachtete er gespannt, wie Max ausstieg, einer hübschen dunkelhaarigen jungen Dame galant die Beifahrertür offen hielt und ihr aus dem

Wagen half. Nötig wäre das nicht gewesen, das sah der Junge sofort. Und er sah auch, dass Max für seine Höflichkeit mit einem herzlichen Kuss belohnt wurde. „Mutti" meldete er aufgeregt, „der Max ist verknallt." Als die beiden jungen Leute dann ins Haus kamen, stellte Max die junge Frau als die Tochter seines Ausbilders und Eigentümerin des flotten Autos vor. „Ich hatte mich schon länger in Mechthild verliebt, traute mich aber nicht so recht, es ihr zu zeigen. Das könne allerlei Missverständnisse geben, dachte ich."

Nun sei aber am vergangenen Wochenende in der Clique der Geburtstag Mechthilds ordentlich gefeiert worden. Es sei getanzt worden, auch einiger Alkohol getrunken. Gegen Ende der Feier habe er nur noch mit Mechthild getanzt. Langsam seien ihnen die anderen Gäste recht gleichgültig geworden, sie hätten auch deren Verabschiedungen nach und nach gar nicht so recht realisiert. Als sie schließlich alleine übrig geblieben seien, habe Mechthild ihn dann beim Tanzen gefragt, ob sie mit ihm in seine Wohnung kommen dürfe, darauf hätte sie schon lange heftige Lust. „Na ja, der Frau konnte geholfen werden." Max lachte, und ein Strahlen Mechthilds bestätigte, dass diese Hilfe langfristig Bestand haben dürfte. Bereits nach dieser kurzen gemeinsamen Zeit, der ja schon eine lange gemeinsame Ausbildungszeit vorausgegangen war, stand für Mechthilds Eltern nach Aussage der beiden jungen Leute unumstößlich fest, dass mit diesem Paar aus Controllerin

127

und Diplomingenieur die Zukunft des Betriebes und der Fortbestand ihrer Familie gesichert seien. Vorerst wollten sie in der praktischen Wohnung bleiben, die Max vor wenigen Jahren gefunden hatte. Und dann würden sie wohl in Mechthilds Elternhaus direkt auf dem Firmengelände einziehen, weil ihre Eltern gerne aus der Stadt heraus wollten, vielleicht nach Ritterhude oder gar Worpswede. Max war angekommen.

Zu dieser Zeit hatte Ümits alter Elektrorollstuhl einen größeren technischen Defekt, dessen Reparatur nicht mehr lohnte. Weil die Krankenkasse seines Vaters in Sachen Hilfsmittelversorgung bisher recht gut davongekommen war, beantragten seine Väter als Anschlussversorgung einen E-Rollstuhl mit integriertem Stehgerät und allerlei Verstellmöglichkeiten der Sitzposition. Da Achim, der mit Bärbel und den Kindern jährlich die großen Rehamessen besuchte, einen Stuhl gefunden hatte, der nicht nur eine sehr interessante Antriebsweise besaß, sondern auch noch erstaunlich preisgünstig war, ließ die Kasse eine Überprüfung der Sache durch den MDK durchführen. Der Arzt, der Ümit schon kannte, ging sichtlich bis an die Grenze seiner Kompetenz und empfahl die Versorgung. Später erfuhren Boschs, dass dieser Mediziner selbst einen körperbehinderten Sohn hat. Das erklärte wohl hinreichend seine Empfehlung.

In Ümits ganzer Hauptschulzeit hatten die besonderen Schüler nacheinander drei Förderlehrer. Die Lehrerin für die noch vorhandene „Orientierungsstufe", Klassen 5 und 6. war eine sehr mütterliche Person, die über die Zuneigung der Kinder eine ganze Menge schwierigen Stoff zu vermitteln vermochte. Die beiden anderen, die Ümit und seine betroffenen Mitschüler danach für drei Jahre zu unterrichten hatten, waren etwas strenger, was gar nicht schlecht zu den nun heftig pubertierenden Schülern passte. Inzwischen kamen alle, auch Ümit, mit acht Förderstunden gut über die Runden. Das wären ohne ihn als „Stundenbringer" noch einige weniger gewesen. Ausschließlich für die Kernfächer Mathematik, Deutsch und Englisch war diese Förderung organisiert.

Alle Grundfächer wurden in der Partnerklasse förderfrei unterrichtet. Nur im Geschichtsunterricht brachte das Ümit in Schwierigkeiten, weil so viele Einzelheiten aufgeschrieben werden mussten. Abhilfe schaffte die Genehmigung der Schulleitung, dass der jeweilige Schulbegleiter dieses Aufschreiben mit dem Laptop übernahm. Ab der Klasse 7 war Ümits Lieblingsfach Biologie. Der gerade ins Kollegium gekommenen jungen Lehrerin flogen ohnehin die Herzen aller Jungs zu. Das lag nicht nur an ihrem attraktiven Aussehen, sondern auch an ihrer offenen und fröhlichen Art. Selbst die Mädchen, die solchen hübschen Junglehrerinnen oft mit einer gewissen Eifersucht zu begegnen pflegen, waren außerordentlich von ihrem Unterrichtsstil angetan. In großer Offenheit und ohne die typischen Lehrerprobleme begann sie dann in der Klasse 8 mit der fälligen zweiten

Einheit des Sexualkundeunterrichts. Anders als bei den schlichten Themen der Unterstufe soll in diesem Unterricht nun tatsächlich praxisbezogen und ohne Tabus unterrichtet werden. Ohne Umschweife brachte diese Junglehrerin ihren Schülern Informationen über verschiedene sexuelle Orientierungen, über alle denkbaren Formen des Geschlechtsverkehrs und mit ganz besonderer Eindringlichkeit über die Möglichkeiten der Verhütung nahe. Nie gerieten die Unterrichtsstunden über die Grenze der Albernheit oder der Peinlichkeit, eine großartige pädagogische Leistung.

Durch die freiwillige Wiederholung der Klasse 8 kam Ümit sogar ein zweites Mal in den Genuss dieses ausgezeichneten Unterrichts. Das führte dann dazu, dass er am Ende der Klasse 9 nicht nur Biologie als freiwilliges Prüfungsfach wählte, sondern sogar die Fragen und Antworten zur Verhütung als eines der drei vorbereiteten Themen angab. Zur großen Verblüffung der Prüfungskommission hielt er einen ordentlichen und offenen Vortrag darüber, der einigen der älteren Lehrkräfte zu roten Köpfen verhalf. Schmunzelnd berichtete das die Fachlehrerin dann Bärbel und Achim anlässlich der Abschlussfeier. Und der letzte Zivi gestand Achim anlässlich dieser Feier zu fortgeschrittener Stunde, es sei jammerschade, dass diese Lehrerin schon in festen Händen sei. Um die hätte er sich anderenfalls wohl Mühe geben wollen.

130

Freud und Leid

So schön diese Abschlussfeier im Saal einer Dorfkneipe auch war, für Ümit war sie doch überschattet durch die noch recht frische Sorge um den Gesundheitszustand seiner Mutter Ines. Einige Wochen zuvor hatte Bärbel mit Ines telefoniert, um die Termine rund um den Schulabschluss des jungen Mannes abzusprechen und dabei eine schlimme Nachricht erhalten. Schon seit Jahren war das förmliche „Sie" zwischen den beiden Elternpaaren abgeschafft, sie verkehrten miteinander wie nahe Verwandte. Vor allem die beiden Frauen hatten ein sehr enges Verhältnis zueinander entwickelt. Die erheblich jüngere Ines vertraute Bärbel oft Gefühle und Gedanken an, die sie mit sonst niemandem zu teilen bereit gewesen wäre. So war Bärbel auch die Erste nach Ahmet, die davon Kenntnis erlangte, dass sich Ines wegen der Entdeckung einer Hautverfärbung in ärztliche Behandlung begeben hatte und nach mehreren sorgfältigen und langwierigen Untersuchungen nun gesichert wusste, dass sie ein Melanom, also eine Hautkrebserkrankung hatte. Schlimm war, dass dieser Krebs bereits ungewöhnlicher Weise im Körper tüchtig gestreut und mehrere Schleimhäute befallen hatte. Es wurde nun zwar mit Bestrahlung und Chemotherapie alles Menschenmögliche versucht, angesichts der bekannten Aggressivität dieser Krebsform waren jedoch die Aussichten, einen frühen Tod zu vermeiden, sehr gering.

Obwohl Ines der Meinung gewesen war, Ümit solle von dieser Entwicklung nichts erfahren, hatten Bärbel und Achim sofort beschlossen, den jungen Mann nicht über diese gefährliche Situation im Unklaren zu lassen. Behutsam und mit guten Informationen über diese besondere Form der möglichen Krebserkrankungen setzten sie Ümit also davon in Kenntnis. Verblüffend gefasst, wenn auch tief betroffen nahm er diese neue Lage in seiner Herkunftsfamilie zu Kenntnis. Völlig verständnislos begriff er zugleich, dass seine Geschwister über den Ernst der Lage im Unklaren gelassen wurden. Der Wille seiner Mutter, Janine und Günal zu „schonen", erschien ihm erheblich schlechter als die Methode seiner Pflegeeltern, ihn regelmäßig über den Zustand seiner Mutter auf dem Laufenden zu halten. Im Wissen um die ernste Lage hatte er sich entschieden, zum Einen seine Eltern zur Abschlussfeier einzuladen, die in einem sehr familiären Rahmen mit den Lehrern und Eltern seiner Mitschüler aus der gesamten Altersstufe durchgeführt wurde. Zum Anderen plante er mit seiner Pflegefamilie eine private große Feier auf dem Gelände hinter ihrem Wohnhaus, zu der ein großes Partyzelt gemietet und ein ordentliches Catering bestellt wurde. Da sein achtzehnter Geburtstag in die kalte Jahreszeit fallen würde, sollte diese Feier eine Geburtstagsparty mit ersetzen.

Bereits bei der Feier der Schüler trug Ines ein Kopftuch, die Therapien hatten schon stark die Haare gelichtet. Dann beim privaten Fest zeigten sich erste

Veränderungen ihres Äußeren. Ihr Gesicht wirkte runder, der Hals und die Wangen aufgedunsen und beide Arme unnatürlich dick. Wasseransammlungen unter der Haut machten ihr überall zu schaffen. Aufgrund einer kleinen Ansprache, die Ümit zustande brachte, wurde seinen Geschwistern zum ersten Mal der Ernst des Zustandes ihrer Mutter klar. So ergab sich für Achim und Ahmet die zusätzliche Aufgabe, den Beiden in ihrem überraschten Gemütszustand etwas zur Seite zu stehen. Die Männer waren froh, dass sich gute Gespräche mit Ümits Geschwistern entwickelten, und diese am Abend dann ganz ausgesöhnt mit der neuen Situation mit allen Gästen aus dem Ruhrgebiet nach Hause aufbrachen. Beim Abschied nahm Ines Ümit in ihren Arm und meinte: „Lass dich nicht von der Sorge um mich erdrücken." Ümits Antwort: „Mama, du weißt doch, mein Name ist Hoffnung, die geht mir nicht aus. Und wenn es doch anders kommt, dann müssen wir alle das eben hinnehmen. Das ist das Leben." Alle Umstehenden außer Bärbel und Achim waren recht erstaunt über diese Sicht der Dinge, die sie bei ihm wohl nicht erwartet hätten.

Tim hatte Boschs in den letzten Schulwochen Ümits ebenfalls einige Sorgen bereitet. Er, der doch bisher eigentlich zuverlässig recht gesund und fröhlich seine Tage verbracht hatte, war immer einmal wieder ganze Tage lang schlecht gelaunt. Ab und an bekam er für einige Stunden hohes Fieber, das aber anschließend wieder verschwunden war. Boschs Hausarzt, mit dem die

Beiden inzwischen eine herzliche Freundschaft verband, versuchte dieser seltsamen Situation mit Antibiotika beizukommen, bemerkte aber schnell, das diese kaum Wirkung zeigten. So schleppte sich der neue Zustand Tims über Wochen dahin. Zur Lebenshilfe konnte er gar nicht hin in dieser Zeit, er wurde immer schwächer.

Im Herbst wurde in Bremen die Hochzeit von Mechthild und Max gefeiert. Beide hatten erfolgreich ihre Examina bestanden und sich schnell und zielsicher in die Leitung des Betriebs eingearbeitet. Zwischen beiden Elternpaaren war inzwischen eine durchaus freundschaftliche Beziehung entstanden. Mechthilds Eltern, die nur diese eine Tochter hatten, konnten gar nicht fassen, dass ihr zukünftiger Schwiegersohn eine solch große Geschwisterschar besaß. Bis auf Tim, der unter Betreuung einer Pflegerin, die ihn gut kannte, zu Hause blieb - selbstverständlich bei seinem doch sehr labilen Zustand -, war die verzweigte Familie fröhlich in der Hansestadt zusammengekommen. Lene war zum ersten Mal nicht alleine, sondern ein junger Mann mit einer starken Sehbehinderung war in ihrer Begleitung. Max hatte bei dem Ferngespräch, in dem er seine Pflegeschwester eingeladen hatte, von dieser neuen Beziehung erfahren und diesen Sebastian, den Lene liebevoll „Basti" nannte, natürlich sogleich mit eingeladen. Schmunzelnd hatte er seiner Mechthild davon berichtet und gemeint, Lene sei nun wohl auch unter der Haube.

Bärbel und Achim hatten für sich und Ümit neben dem kleinen Hotel, in dessen Festsaal die Hochzeit gefeiert wurde, mit dem Wohnmobil über Nacht den Parkplatz nutzen dürfen und sogar einen Stromanschluss bekommen. So war sichergestellt, dass für den jungen Mann ein tatsächlich barrierefreies Übernachten möglich war. Am nächsten Morgen saßen sie dann zusammen mit einigen anderen Hochzeitsgästen, die dort im Hotel übernachtet hatten, fröhlich zum Frühstück zusammen. Plötzlich meldete Achims Handy einen Anruf. Es war die Pflegerin, die in heller Aufregung mitteilte, Tim sei vor kurzer Frist verstorben, als sie sich gerade im Bad für den Tag gerichtet habe. Während Achim sogleich den befreundeten Hausarzt über dessen Handy bat, zum Bosch-Haus zu fahren und den Totenschein auszustellen, es war ja Sonntag, packte Bärbel eilig zusammen und brachte schon Ümit im Mobil reisefertig unter, sodass sie dann gleich nach Hause aufbrechen konnten.

Dort war die erste und vorerst auch wichtigste Aufgabe, die Pflegerin, die ganz untröstlich zu sein schien, zu beruhigen und ihr zu sagen, dass sie keinen Fehler gemacht habe. Da auch der Hausarzt diesen Trost geäußert hatte, fuhr sie nach einiger Zeit einigermaßen gelassen nach Hause. Die zweite Aufgabe war die Kontaktaufnahme mit dem ortsansässigen Bestatter. Dieser holte am frühen Nachmittag Tim in die Leichenhalle, so dass dann Boschs auch in Würde ihren Abschied nehmen konnten. Am Montag wurde es schließlich zuerst recht schwierig. Achim, der bis zum Todeszeitpunkt die rechtliche Vormundschaft übertragen bekommen hatte, war nach gesetzlicher Regelung nun nicht mehr zuständig. Das wären Tims gesetzliche Erben gewesen. Da seine Mutter inzwischen nicht mehr lebte, war aber kein Erbe aufzutreiben. Damit konnten die Behörden am Mittwoch doch zustimmen, dass Tim auf dem örtlichen Friedhof von Boschs Wohnort bestattet wurde. Um eine ordentliche Bestattung zu ermöglichen, übernahm Achim kurzerhand die gesamten Kosten. Das Sozialamt zahlte einen Zuschuss, und auch die Beihilfe des Landes steuerte einige Euros dazu, so ließ sich das ganz gut verkraften.

Erste Werkstattzeit

Für Ümit waren nach dem Schulabschluss inzwischen völlig neue Zeiten angebrochen. Täglich wurde er mit einem Behindertentaxi zu den „Werkstätten für Behinderte" des Landkreises geholt. In den ersten beiden Jahren wird dort entsprechend gesetzlicher Vorgaben ein begleiteter Bildungsbereich durchlaufen, in dem sich der junge behinderte Mensch in mehreren Arbeitsbereichen, etwa Metall- und Holztechnik, Land- und Gartenwirtschaft, Hauswirtschaft oder vielleicht auch Wohnungsgestaltung, selbst ausprobieren kann. Die Gruppenleiter können und sollen dann einschätzen, zu welchen Tätigkeiten die „Klienten" geeignet sind und neigen. Dann können diese in entsprechende Dauerbeschäftigungen übergehen. Theoretisch ist das alles gut gedacht, in der Praxis erlebte Ümit aber Manches, was ihn störte und unzufrieden bleiben ließ. So ließen die Gruppenleiter oft die Bildungsgruppen allein, die Türen hatten keine Öffner für Rollstuhlfahrer und allgemein herrschte unter der Gesamtheit der Klienten ein deutliches Unbehagen über die Gesamtsituation. Ümit, der bisweilen zu drastischen Urteilen neigte, warf zu Hause den Gruppenleitern Faulheit und dem Bereichsleiter mangelndes Interesse vor.

Achim, der seit Ümits achtzehntem Geburtstag seine Vormundschaft gegen die rechtliche Betreuung des jungen Mannes eingetauscht hatte, versuchte vergeblich, diese unerfreuliche Situation mit den Verantwortlichen zu besprechen. Da sich keine andere betreuende Person fand, mit ihm zusammen diesen Problemen zu begegnen, war er dann schließlich in Absprache mit Ümit ruhig und überließ es diesem selbst, sich mit den bestehenden Mängeln der Werkstatt zusammenzuraufen. Immerhin erlebte der in einigen Arbeitsfeldern, die er zu durchlaufen hatte, doch ganz einsatzfreudiges Personal und ein erträgliches Arbeitsklima. Eine der Gruppenleiterinnen lobte er besonders oft. Ihr verdankt er auch endgültig seine spätere Leidenschaft fürs Kochen, die sich schon zu Hause bei Mutti Bärbel angekündigt hatte. Achim hatte aber noch ein weiteres Problem zu bewältigen. Dafür war es von großem Nutzen, dass er zum Ende des Schuljahres in den Ruhestand gewechselt war. Urplötzlich nämlich stellte das Jugendamt zum 18. Geburtstag Ümits vollständig die Unterhaltszahlungen für ihn ein. Das war besonders unverständlich, weil schon fast drei Monate vorher ein Verlängerungsantrag gestellt worden war und eigentlich die Rechtslage auch eindeutig. Der Rechtsstreit dauerte ein geschlagenes Vierteljahr, finanziell eine schwierige Zeit.

Ümits Groll über die Zustände in der Werkstatt und den Fehler der Jugendbehörde hatte aber auch eine ganz nützliche Wirkung. Er machte sich nun ernsthafte Gedanken über einen Auszug aus der Pflegefamilie und fragte sich und seine Pflegeeltern, ob er wohl am Besten in die Einrichtung ziehen solle, in der Martin lebte. Ein Zufall erleichterte ihm die Entscheidung. Gelegentlich eines Ferngespräches mit Martins Gruppenleiterin erfuhr Achim, dass gerade im Nebenhaus eine Bewohnerin verstorben sei und offensichtlich noch keine Folgebelegung erfolgen könne, weil die auf der aktuell kurzen Warteliste der Einrichtung verzeichneten behinderten Menschen absolut nicht im Rahmen dieses Hauses würden versorgt werden können. Als er das beim Abendessen erzählte, fragte Ümit: „Ist dies das große Haus, in dem Johann lebt?" Johann war ein körperlich schwer behinderter etwa Fünfzigjähriger, der ständig auf dem Gelände der Einrichtung mit seinem Elektrorollstuhl unterwegs war. Und das, obwohl er zu jeder Verrichtung Unterstützung brauchte, sogar beim Essen und Trinken. Sein Fahrzeug steuerte er mit dem Mund und dem linken Fuß, eine raffinierte Sondersteuerung machte das möglich. Das war ein recht kluger Kopf, mit dem sich Ümit bei verschiedenen Besuchen in Martins Gruppe, bei Festen der Einrichtung und bei Wettkämpfen allmählich angefreundet hatte.

Als Achim bestätigte, Johann wohne in diesem Haus in der Nachbargruppe, bat ihn Ümit, sofort in der Verwaltung anzurufen und nachzufragen, ob er das frei gewordene Appartement haben könne. Von dort gab es prompt eine Einladung zur Vorstellung Ümits in der betreffenden Gruppe. Und nach dieser Vorstellung ging dann alles ganz schnell. Da Bärbel und Achim genau wussten, worum sie sich zu kümmern hatten, waren die notwendigen Anträge flott gestellt, der Heimvertrag sogleich geschlossen und nach kurzer Renovierung des Appartements der Umzug auch alsbald vollzogen. Nicht ganz einfach war es dann, Ümit in den Behindertenwerkstätten der Freien Hansestadt Bremen unterzubringen, die auch für das niedersächsische nahe Umland zuständig sind. Offensichtlich waren die Verantwortlichen ein Wenig damit überfordert, dass Ümit einerseits körperlich so stark eingeschränkt war, andererseits aber einen durchaus wachen Geist erkennen ließ. Nach einiger Wartezeit ergab sich aber auch dort eine vorläufige Lösung.

Heimbewohner

Dass für ihn nun eine völlig neue Zeit anbrach, war Ümit durchaus bewusst. Nicht aber vorstellen konnte er sich, wie gründlich er seine gesamten Lebensgewohnheiten umstellen musste. Bereits während der beiden Tage seines Umzuges bemerkte er, dass für ihn die oft überraschenden und zuweilen recht befremdlichen Verhaltensweisen seiner zukünftigen Mitbewohner eine heftige Herausforderung werden würden. Recht glücklich war er deshalb darüber, dass ihm sein unmittelbarer Zimmernachbar ganz offen entgegenkam und sichtlich recht schnell ihm gegenüber eine gewisse Zuneigung entwickelte, die er leicht erwidern konnte. Der Gruppenleiter war über die Freundlichkeit dieses Lothar gegenüber Ümit ganz erstaunt, kannte er ihn doch als eher verschlossen und zurückhaltend. Völlig verblüfft war er, als Lothar am zweiten Tag Ümit in sein Zimmer einlud. Keinen der bisherigen Mitbewohner hatte er je in sein Appartement hinein gelassen. Eine weitere Brücke in sein neues Leben war natürlich seine Freundschaft mit Johann. Oft fuhr er in die Nachbargruppe und half Johann beim Essen, schaute mit ihm Fußballspiele an oder streifte mit ihm über das Gelände. So fand er sich insgesamt doch recht schnell zurecht.

Wenn sein Vater aus dem Ruhrgebiet angereist kam, ihn zu treffen, wurde das immer in Boschs Haus durchgeführt, in der Einrichtung wäre das ein wenig schwierig und unpersönlich geworden. Ümits

Geschwister kamen ein- oder zweimal noch mit, doch dann flaute deren Interesse an solchen Kontakten merklich ab. Berufsziele und Kontakte mit neuen Freundinnen und Freunden wurden altersentsprechend wichtiger. Ahmet hatte sich eine kleine Singlewohnung zugelegt und schien mit seinem Alleineleben vorerst recht zufrieden. Janine war mit ihrem Freund zusammengezogen und Günal versuchte sich in der ehemaligen Wohnung seiner Eltern mit einer WG, zu der drei seiner Kumpels bei ihm eingezogen waren. Es zeichnete sich aber bereits ab, dass dies kein Dauerzustand bleiben würde.

Ümits Beschäftigung in den Werkstätten erwies sich recht bald als ziemlich stumpfsinnig. Zudem wechselte wenige Wochen nach seinem Arbeitsbeginn die zuerst für ihn zuständige kluge und freundliche Sozialarbeiterin in den Ruhestand und wurde durch eine junge ersetzt, die ihre Aufgabe offensichtlich nicht besonders ernst nahm, zumindest einen eigenartig herablassenden Umgangston mit den Beschäftigten pflegte. Wenn sich Probleme mit der Gruppenleitung ergaben, ergriff sie sofort deren Partei und kritisierte kurzerhand die Behinderten, die sie um ihre Hilfe gebeten hatten. Ümit, der ja recht schnell zornig werden konnte, versuchte seine Verärgerung zu zügeln und für den jeweiligen Bittsteller als Fürsprecher zu wirken. Damit verschaffte er sich in Kürze den Ruf eines Querulanten und erreichte letztlich das Gegenteil von dem, was er gutwillig und hilfsbereit angestrebt hatte. Vollends in Ungnade bei Sozialdienst und Gruppenleitung fiel er aber erst, als er sich in Jule verliebte und Jule in ihn.

Jule Ivanisevic war wie Ümit körperlich recht klein und zierlich, hatte unterschiedlich lange Beine und eine Lernbehinderung, die der Ümits etwa entsprach. Bei ihr waren es aber eher Begriffshemmungen in der Zahlenwelt, in der sich Ümit inzwischen recht gut zurechtfinden konnte. Jule war eine hübsche junge Frau mit golden schimmerndem dichtem Blondhaar und aufmerksamen braungrünen Augen. Ümit hatte sich zwar immer Sorgen gemacht, ob sich wohl je ein weibliches Wesen für ihn mit seinen Lähmungen würde interessieren können, verlor aber durch Jule jeden Zweifel. Ganz schnell wurde aus einem ersten zaghaften Flirt eine wachsende Beziehung. Nach einigen Wochen Zärtlichkeiten in den Arbeitspausen, bald mit Jule auf Ümits Schoß, besuchte die ihren Ümit dann ein erstes Mal in seiner Gruppe. Bereits beim zweiten Besuch blieb sie mit Einverständnis des Gruppenleiters ein ganzes Wochenende bei ihm.

An diesem Wochenende hatte Ümit eine ganz schwierige Aufgabe zu bewältigen. Da Jules Eltern beide intellektuell eingeschränkt waren, hatte das Mädchen außer spärlichen Kenntnissen aus einigen sichtlich miserabel durchgeführten Sexualkundestunden in der Förderschule nicht die geringste Ahnung, was sich da so zwischen den Geschlechtern abspielen könnte. Infolge

143

zotiger Sprüche, die sie von Schulkameraden und Werkstattbeschäftigten gehört hatte, war ihr eigentlich ziemlich Angst vor dieser neuen Erfahrung ihres jungen Lebens. Ümit aber gelang es nun - dank seiner ausgezeichneten Vorbildung aus Schule und Pflegeelternhaus - mit Geduld und Behutsamkeit sein Mädchen zu gewinnen. Als Jule montags Abend nach der Arbeit nach Hause kam, fragte sie ihre Eltern: „Warum habt ihr mir nicht gesagt, dass Sex das Allerschönste auf der Welt ist?" Die Eltern wurden sehr verlegen und wussten natürlich keine Antwort.

Eine andere Folge der Beziehung zwischen Jule und Ümit war, dass beide getrennt von der Sozialarbeiterin zum Gespräch zitiert wurden und die eindringliche Ermahnung erhielten, eine Liebelei zwischen Beschäftigten einer Arbeitsgruppe sei ausgeschlossen, da solches das Betriebsklima verderbe. Von diesen behaupteten Belastungen der Arbeitsgruppe war indessen nichts zu bemerken. Im Gegenteil: die Kolleginnen und Kollegen fanden es toll, dass sich zwei der behinderten Menschen in der Werkstatt gefunden hatten.

So ließen sich die Beiden nicht in ihre Beziehung hineinreden, hielten sich aber während der Arbeitszeit und auf dem Werkstattgelände auf Mutter Bärbels Rat hin mit ihren Zärtlichkeiten sehr zurück. Eines Abends jedoch trafen sie die Sozialarbeiterin vor dem Kassenbereich des Großmarktes, in dem beide gerne zusammen einkauften. Sie hatten bezahlt, ihre Einkäufe transportfähig gepackt und küssten sich zum Abschied, bevor sie aufbrachen, Ümit mit der Straßenbahn in seine Wohngruppe und Jule mit dem Bus zu ihren Eltern. Der nächste Tag in der Werkstatt brachte eine Art Gerichtsverhandlung mit der Sozialarbeiterin und dem Gruppenleiter als Richter.

Nach diesem Theater mühten sich sowohl Jule als auch Ümit um die Versetzung in einen anderen Arbeitsbereich. Sie hatten die stumpfsinnige Arbeit ohnehin satt, und die Anfeindung durch die Verantwortlichen brachte das Fass zum Überlaufen. Jule fand tatsächlich ganz schnell einen Platz im Lager des Kiosks der Werkstätten, wo ihr die Arbeit auch recht bald viel Freude machte. Einen klaren Sinn für Ordnung brachte sie mit. Ümit dagegen musste schon einige Zeit überbrücken, um schließlich in einer der technischen Werkstätten eine Arbeit zugewiesen zu bekommen, die er – und das tatsächlich trotz seiner Körperbehinderung – leisten konnte. Ein Teil der Beschäftigung war die Erfassung von Arbeitskarten und Lieferpapieren mit dem Computer. Nun wurde sein Kopf ordentlich beansprucht, und er war vorerst ganz zufrieden.

Ahmet wollte natürlich Jule gerne kennenlernen. Da sie schon zweimal mit bei Boschs zu Besuch gewesen war, wurde auch dieser Kontakt in deren Haus eingerichtet. Ahmet fand sichtlich Wohlgefallen an der hübschen kleinen Dame, mit der sich sein Sohn zusammen getan hatte. Er berichtete, Günal habe inzwischen seine WG aufgelöst, nachdem ihm klar geworden sei, dass er sich doch in den jungen Männern ein wenig getäuscht habe, die er für seine Freunde gehalten hatte. Außerdem habe er die Wohnung nun anders benötigt, denn auch er habe nun eine Freundin, ein türkischstämmiges Mädchen namens Gönül. Ümit lachte: „Günal und Gönül, das ist ja eine witzige Namenskombination." „Die sind nun zusammengezogen und wollen irgendwann sogar heiraten." Ahmet schien mit diesem Plan durchaus einverstanden.

Betreutes Wohnen

Sowohl Ümits Wohngruppenleiter als auch er selbst waren inzwischen davon überzeugt, er sei reif für einen Umzug in ein selbstständigeres „Betreutes Wohnen". Die Einrichtung konnte aber in diesem Bereich keine rollstuhlgerechte Einzelwohnung anbieten. Der Verantwortliche schlug deshalb vor, Ümit solle sich doch bereitfinden, in eine Wohngemeinschaft mit zwei weiteren Rollstuhlfahrern einzuziehen, in der aktuell gerade das dritte Zimmer leer geworden sei. Der bisherige Bewohner sei in die Nähe des Lebensraumes seiner Schwester südlich Hannover verzogen. Da Ümit die beiden anderen Bewohner kannte und der Meinung war, das Zusammenleben mit ihnen müsse sich wohl regeln lassen, ließ er sich auf diese Lösung ein.

Nach wenigen Wochen zeigte sich jedoch, dass er einen der beiden, eigentlich sogar beide Mitbewohner falsch eingeschätzt hatte. Der Erstgenannte hatte kein Verhältnis zur Ordnung. Benutztes Geschirr stand in der Gemeinschaftsküche herum. Schmutzige Wäsche türmte sich im Bad, in dem auch Waschmaschine und Trockner standen, und zu allem Überfluss verlangte er ständig, dass Ümit für ihn die verschiedensten Dinge erledigen solle. Den Zweiten schien das alles nicht weiter zu stören. Er war zwar freundlich zu Ümit, machte aber keine Anstalten, mit ihm gemeinsam dem Unordentlichen klar zu machen, dass ein Zusammenleben auch ein gemeinsames Handeln zum Nutzen aller Bewohner benötigt.

Erschwerend kam hinzu, dass der Unordentliche Jule mit zotigen Sprüchen kränkte und schließlich dafür sorgte, dass sie gar nicht mehr zu Ümit kam. Da sie mit ihren Eltern im zweiten Stock eines Mietshauses ohne Lift wohnte, waren die Kontakte des Paares damit unerträglich eingeschränkt. So nimmt es nicht wunder, dass Ümit nach wenigen Monaten seine Pflegeeltern bat, für ihn im Umland von Bremen und möglicherweise auch in Bremen selbst nach einer für ihn geeigneten Wohnung zu suchen. Er wolle, durchaus ambulant betreut, doch sehr gerne alleine wohnen, vielleicht gar mit der längerfristigen Aussicht, mit Jule zusammenzuziehen.

Im Stillen hatte er sich vorgenommen, es seiner Pflegeschwester Lene gleich zu tun. Die hatte recht bald nach der Hochzeit von Mechthild und Max mit ihrem Basti eine größere Erdgeschosswohnung in einem der Dörfer der Wesermarsch gefunden, die an ihren Arbeitsort durch eine recht gut befahrene Buslinie angeschlossen sind. Auch Sebastian erreichte trotz seiner starken Sehbehinderung auf diese Weise ohne Probleme seine Arbeitsstelle in einer Schuldnerberatung. So hatte es gar nicht lange gedauert, bis die Beiden das Aufgebot bestellten und heirateten. Bärbel hatte mit Sebastians verwitweter Mutter zusammen eine kleine aber feine Hochzeitsfeier im wieder gemieteten Partyzelt hinter dem Bosch-Haus ausgerichtet. Sebastians ältere Schwester und ihre Familie waren dazu aus Osnabrück herbeigekommen und natürlich die beiden älteren Bosch-Söhne mit ihren Familien aus Helmstedt und Magdeburg sowie Mechthild und Max mit ihrem kleinen Sohn Lukas, außerdem Martin, Jule und Ümit. Und vor wenigen Wochen hatte Lene ohne Komplikationen einen kerngesunden Jungen geboren, der nach Sebastians verstorbenem Vater den Namen Cord erhalten hatte.

Nun also ging Achim gezielt auf die Suche nach einer Wohnung, in der sich langfristig alle Vorhaben und Hoffnungen Ümits verwirklichen lassen könnten. Dass dies ein schwieriges Unterfangen werden würde, hatte er geahnt, dass er aber einen vollen Tag lang - die Zeit hatte er jetzt ja nach seiner Pensionierung - das Internet durchforsten, Telefonate mit Immobilienkaufleuten und Vermietern führen und dabei die verschiedensten Unmöglichkeiten würde antreffen müssen, hätte er doch nicht gedacht. Bereits als Bärbel am frühen Nachmittag von einem Arzttermin nach Hause zurückkehrte, war er infolge der Vergeblichkeit aller Bemühungen ziemlich gereizt. Bärbel suchte ihn mit einer schönen Portion Tee und etwas Gebäck zu besänftigen, merkte aber, da war nicht viel zu machen. Knurrend verzog er sich wieder an seinen Computer und sein Telefon. Versonnen betrachtete Bärbel ihr Handy und las einige WhatsApp-Nachrichten, eine davon von Mechthild mit einem aktuellen Foto des kleinen Lukas. Das brachte sie auf eine Idee.

Sie wählte die Nummer ihrer Schwiegertochter und erzählte ihr von Achims Wohnungssuche für Ümit. „Hast du vielleicht eine Idee, wen man da noch fragen könnte? Ihr sitzt doch in Bremen und habt allerlei Kontakte zu euren Kunden, euren Mitarbeitern und euren Nachbarn. Vielleicht weiß da jemand irgendwie Rat." Mechthild seufzte „Das ist ein ganz schwieriges Ding. Aber deine Idee ist nicht schlecht, ich habe da einen bestimmten Gedanken, mit wem ich darüber einmal sprechen könnte." Knapp zehn Minuten später klingelte das Festnetztelefon auf Achims Schreibtisch. Als er den Ruf entgegennahm, meldete sich eine bedächtige Frauenstimme. Man merkte sofort, diese Frau war den telefonischen Umgang mit Menschen gewohnt. Und irgendwie kam ihm die Stimme auch bekannt vor. „Hier ist Monika Faber. Ich bin die Sekretärin Ihres Sohnes Max und seiner Frau." Richtig, das war die Stimme! „Die Chefin hat mir ihr Wohnungsproblem geschildert. Ich weiß nicht, ob ihnen bekannt ist, dass mein Mann stark gehbehindert ist und seit Jahren rollstuhlpflichtig. Wir wohnen schon lange in einer Wohnanlage am Rand der Innenstadt Bremens, in der jede Einheit senioren- und behindertengerecht ist. Und nun will es der Zufall, dass die Bewohnerin einer der kleineren Wohnungen verstorben ist, der gemeinnützige Träger die Renovierung eingeleitet hat und - nun kommt es - noch gar keinen Nachmieter hat. Ich gebe ihnen gerne die Telefonnummer des Hausverwalters durch. Jetzt ist eine gute Zeit, ihn zu erwischen, er dürfte gerade von seiner

Arbeit nach Hause gekommen sein. Der macht das im Ehrenamt, und er macht es perfekt."

Achim bedankte sich herzlich für den Ratschlag, ließ die jungen Boschs grüßen und wählte dann sofort die Nummer des Hausverwalters. Und siehe da, tatsächlich war die Wohnung noch zu haben. Da es Donnerstagnachmittag war, vereinbarten die beiden Männer einen Besichtigungstermin für den Samstag. Ümit wurde benachrichtigt und dann von Bärbel und Achim samstags abgeholt, damit er diese Besichtigung mit ihnen zusammen durchführen konnte. Jule hatte er von dieser Möglichkeit noch nicht berichtet, er wollte erst sicher sein, dass ihm diese Wohnung gefiel und er sie auch mieten könne. Als Ümit mit dem Aufzug, den er bequem erreichen und nutzen konnte, vor der Wohnungstür angelangt war, sahen seine Pflegeeltern, wie aufgeregt der junge Mann war. Auch dem Hauswart fiel das auf, deshalb öffnete er schnell diese Tür und ließ Ümit als Ersten in das Zwischenflürchen hineinfahren. Mitten in der Tür aus dem Zwischenflur in das geräumige Wohn-Esszimmer blieb der stehen, blockierte den drei anderen den Zugang und starrte ungläubig in diesen lichtdurchfluteten Raum. Der Hauswart überredete ihn dann zur Weiterfahrt und zeigte ihm die Küche, das Bad und das Schlafzimmer. Rollstuhlsichere Linoleumböden, große Fenster und eine geschickte Aufteilung der gesamten Wohnung begeisterten Ümit sofort. „So etwas habe ich mir immer gewünscht, aber kaum geglaubt, dass es das für mich geben könnte. Nur gehofft habe ich das immer. Mein Name verpflichtet mich ja dazu."

Schnell wurde klar, dass durch eine rechtsgültige Absprache mit der Stadt Bremen diese Wohnung auch an einen Grundsicherungsempfänger alleine vermietet werden dürfe, obwohl die Zahl der Quadratmeter Wohnfläche eigentlich für zwei Personen gedacht sei. „Also kann dann irgendwann meine Jule mit mir hier wohnen?" Als dies der Hauswart schmunzelnd bestätigte, liefen dem jungen Mann doch ein paar Glückstränen über sein Gesicht. Nun ging es an die Vertragsangelegenheiten und Absprachen über die Hausordnung, die Möglichkeiten, Hilfsmittel im zur Wohnung gehörenden Keller zu deponieren und die verschiedenen Wege zu Putzkraft und Betreuer-Organisation. Auch hier hatte der Hauswart Ratschläge bereit, so dass schließlich klar war, worum sich Achim noch kümmern musste. Bärbel hatte inzwischen aufgeschrieben, was an Hausrat und Möbeln noch fehlte. Ümit reiste schließlich als glücklicher Mieter ab, der bereits in wenigen Wochen, direkt nach Beendigung der Renovierungsarbeiten, würde einziehen können.

Am Abend traf er sich dann mit Jule in einem rollstuhlzugänglichen Bistro, in dem sie sich in letzter Zeit immer trafen, weil es anders kaum ging. Jule mochte es gar nicht glauben, was sich da für Möglichkeiten ergaben. Endlich würden sie auch wieder miteinander schlafen können, sie gestand, dass ihr das doch in der letzten Zeit sehr gefehlt habe. Gleich aber bremste sie auch Ümits Hoffnungen, sie könne dann bald ganz bei ihm einziehen. „Ich will das schon sehr, sehr gerne. Aber meinem Papa geht es zunehmend schlecht. Du weißt, er ist an Leukämie erkrankt und Mama ist mit dem allem rettungslos überfordert. Du wirst sicher verstehen, dass die mich jetzt erst einmal brauchen." Ümit verstand. Er würde sich mit dieser Schwierigkeit einige Monate abfinden können. Und irgendwann kam Jule dann ja endgültig zu ihm. Jetzt war erst einmal wichtig, dass sie überhaupt wieder kommen und immer einmal wieder für zwei oder drei Nächte bei ihm bleiben würde.

Bis der Umzug vollzogen werden konnte, gab es für die Pflegeeltern Bosch eine Menge zu tun. Bärbel stellte dem jungen Mann einigen Hausrat zusammen, den er in der WG nicht nötig gehabt hatte, jetzt aber wohl gut gebrauchen konnte. Da die riesigen edlen Gardinen der verstorbenen Vormieterin übernommen werden konnten, holte sie sich diese nach Hause, wusch sie und brachte sie dann mit Achims Hilfe wieder in der Wohnung an. Achim regelte die Kostenübernahme für die Miete, die nun etwas teurer als die in der WG, aber weiterhin im Rahmen der Grundsicherung lag. Zudem suchte und fand er einen gemeinnützigen Träger für die ambulante Betreuung und einen Putzdienst, der im Rahmen der Pflegeversicherung die Wohnung in Ordnung halten würde. Schließlich gab es mit Frau Faber einen Menschen, der bereit war, die wenigen Pflegebedürfnisse

Ümits im Rahmen der Pflegeversicherung abzudecken. Da sie gerade Rentnerin werden würde, war ihr das neben der Tätigkeit für ihren Mann eine ganz willkommene Abwechslung und eine hübsche Aufbesserung ihrer nicht gerade üppigen Rente. Überhaupt war die Nachbarschaft zum Ehepaar Faber für Ümit eine schöne Hilfe beim Einstieg in sein neues Leben. Sie wohnten zwar nicht direkt neben einander, aber immerhin auf derselben Etage.

Max und Mechthild waren emsig beim Umzug behilflich, Mechthild bereits wieder mit einem wachsenden Bäuchlein. Jule war natürlich auch eifrig dabei und blieb gleich in den ersten Nächten bei Ümit in der Wohnung. Sie genossen die störungsfreie Zweisamkeit, und Jule gestand ihrer Mutter nach der Rückkehr, sie wären die ganze Zeit kaum aus dem Bett gekommen. Für diese beiden Frauen begann aber nun eine ganz schwierige Zeit. Der Gesundheitszustand von Jules Vater wurde immer schlechter. Er war immer einmal wieder für wenige Wochen zu Hause, dann wieder eine ganze Zeit auf der onkologischen Station einer der Bremischen Kliniken. War er zu Hause und sein Körper einigermaßen stabil, blieb Jule schon ab und an mehrere Tage und Nächte bei Ümit. Dann wurde ihr Vater in eine Spezialkur geschickt und ihre Mutter als Begleitperson dazu. Während dieser fünf Wochen blieb Jule dann ganz bei Ümit. Beide waren anschließend fest entschlossen, die Zukunft solle so aussehen und nicht anders.

Die nahe Zukunft aber wurde ganz anders. Elf Tage nach der Rückkehr aus seiner Kur starb Jules Vater. Erleichternd für ihre Mutter und sie war schließlich, dass er zu Hause und im Beisein seiner Frau und seiner Tochter ganz ruhig, fast fröhlich, aus dem Leben scheiden durfte. Aber es erwies sich, dass ihre Mutter den ganzen Aufgaben gegenüber, die sich nun für sie stellten, reichlich hilflos war. Jule war ihr in ihrer geistigen Beweglichkeit zum Glück weit überlegen und holte sich zudem per Telefon oft Ratschläge bei Achim, wie sie dies oder das zu erledigen hätte. Zweimal vor der Bestattung und einmal danach fuhr er kurzerhand nach Bremen, um mit seiner „kleinen Schwiegertochter" Behördengänge zu erledigen, Versicherungsfragen zu klären und Notwendiges zu organisieren. Ümit war heilfroh, dass sein väterlicher rechtlicher Betreuer sich nun auch der Probleme Jules annahm.

Neuanfänge

Während der Zeit, in der sich Jule vorwiegend mit den Umständen befassen musste, die durch die Erkrankung ihres Vaters entstanden waren, hatte Ümit ein ganz anders Projekt im Gange. Er hatte sich vorgenommen, irgendwann einmal selbst für seinen Lebensunterhalt zu sorgen. Auf die Idee gebracht hatte ihn die tüchtige Sozialarbeiterin, die für jenen Bereich der Werkstatt zuständig war, in dem er nun arbeitete. Sie hatte ihm erzählt, dass die Stadt Bremen schon lang einen „Integrationsfachdienst" unterhalte. Dieser IFD habe unter Anderem die Aufgabe, die Werkstätten bei ihrem Auftrag zu unterstützen, geeigneten Beschäftigten den Übergang auf den ersten Arbeitsmarkt zu ermöglichen. Sie organisierte dann ein Erstgespräch mit einer Mitarbeiterin des IFD, die zwar einerseits sofort erkannte, dass bei Ümit die intellektuellen Möglichkeiten für einen solchen Übergang durchaus vorhanden waren, andererseits aber auch wusste und beschrieb, wie schwierig es werde, einen geeigneten Arbeitsplatz für einen Rollstuhlfahrer mit leichten Einschränkungen der Denkfähigkeit zu finden. Sie wolle aber alles tun, ihm den Weg zu ebnen.

Schon wenige Wochen danach hatte sie dann doch einen Praktikumsplatz gefunden. Mit Praktika beginnt stets der Versuch des Überganges aus den Werkstätten auf den ersten Arbeitsmarkt. Dieses Praktikum erledigte er im Büro einer mittelgroßen Firma, aber trotz guten Willens von beiden Seiten erwies es sich als unmöglich, eine leistbare Arbeit für Ümit zu organisieren. Zu oft saß er untätig herum. Mechthild verhalf ihm dann zu einem zweiten Praktikumsplatz im Büro eines privaten kleinen Pflegedienstes. Dessen Eigentümerin war einstmals eine Klassenkameradin von ihr gewesen, doch auch das ging schief. Schließlich fand der IFD eine dritte Möglichkeit in einem der größten Behördenhäuser Bremens. Dort hatte man gemerkt, dass trotz aller Digitalisierung der Eintritt des Hausboten in den Rentenstand einige Probleme hatte entstehen lassen. Die Sachbearbeiter mussten ständig die Weitergabe von unverzichtbar papiergebundenen Akten selbst durchführen und verloren dadurch wertvolle Arbeitszeit. Ümit erwies sich während dieses dreimonatigen Praktikums als dermaßen unentbehrlich, dass ihm ein Vollzeitarbeitsplatz eingerichtet wurde, den er nun fest angestellt mit Förderung durch die „Teilhabe für Arbeit" besetzen konnte. Sein Einkommen überstieg das bisherige aus öffentlichen Mitteln sofort um fast 300 €. Nun hatte er auch dieses Ziel erreicht.

Zum dritten Besuch Achims bei Jule und ihrer Mutter wollte Bärbel mitfahren, weil sie bei der Beerdigung ein ganz vertrautes Gespräch mit Jules Mutter zustande gebracht hatte, das sie gerne fortsetzen wollte. Und siehe da, es erwies sich als sehr gut, dass sie noch einmal, und ohne die Anspannung am Beerdigungstag, ein Gespräch mit Nina Ivanisevic führen konnte. Sie bemerkte schnell, dass dieser Frau ihr zukünftiges Leben ohne ihren Ehemann ein unüberwindliches Problem darstellte. Also entwickelte sie mit ihr zusammen erste Perspektiven. Nina hatte ihre Arbeit im Lager und bei der täglichen Bodenpflege eines Discounters und fühlte sich dort wohl. Sie hatte eine Wohnung, die nur dann eine sinnvolle Größe hätte, wenn Jule bei ihr wohnen bliebe. Die wollte aber so bald als möglich zu Ümit umziehen. Und vor dem dann zwangsläufig folgenden alleine Sein hatte Nina panische Angst. Bärbel fragte sie nun behutsam, ob sie sich nicht eine betreute Wohngemeinschaft mit anderen Frauen oder auch Frauen, Männern und Paaren in ähnlicher Situation vorstellen könne. Völlig verwundert fragte Jules Mutter „Gibt es denn sowas?"

Nun holte Bärbel Achim als den besser Informierten zum Gespräch hinzu. Der versprach, sich in den nächsten Tagen umfassend schlau zu machen, ob und wo in Bremen derartige Wohngruppen zu finden seien. Beide waren erstaunt, wie bereitwillig sich Nina auf den Gedanken einzulassen begann, in absehbarer Zukunft ihre große Wohnung aufzugeben, sich aus der Gemeinschaft mit Jule zu lösen und einen irgendwie gearteten Neuanfang zu wagen. Bärbel merkte, dass die Erinnerungen an die langen Jahre mit ihrem Mann durch diese Wohnung extrem lebendig gehalten wurden und Nina stark belasteten. Peter Ivanisevic war der Sohn serbischer Einwanderer gewesen, die während eines der dortigen Kriege nach Bremen gekommen waren, Peters

Mutter mit ihm hochschwanger. Der Hirnschaden, der Peter von Anfang an belastete, war vermutlich eine Folge des Stresses der Flucht. Seine drei erheblich älteren Geschwister waren alle kerngesund. Alle hatte es familiär oder beruflich nach Süddeutschland verschlagen. Seine Eltern waren schon vor einigen Jahren verstorben. Nina und Peter hatten sich als Elfjährige in der Förderschule kennengelernt und waren zusammen geblieben. Jule war ihr einziges Kind und hatte wohl zu ihrer körperlichen die intellektuelle Behinderung Ninas ein Stück weit geerbt, ihr Kopf konnte aber erheblich mehr als der ihrer Mutter.

Mit diesen Kenntnissen im Hinterkopf machte sich Achim dann am nächsten Tag auf die Suche nach einer langfristig tauglichen Lebensmöglichkeit für Jules Mutter. Die erste Frage stellte er der in Bremen gut vernetzten Frau Faber. Die fragte als Erstes „Wo arbeitet diese Frau?" Dann wollte sie wissen, wie genau die Einschränkungen wären und ob langfristig mit der Fortdauer ihrer von Achim sorgfältig beschriebenen Selbstständigkeit zu rechnen sei. Dann erklärte sie, ihr sei eigentlich sofort eine genossenschaftlich von den Bewohnern geführte Großwohngemeinschaft eingefallen, mit deren Geschäftsführer sich ihr Mann in einer Reha-Maßnahme angefreundet habe. Das riesige Gebäude, in dem alle sechzehn Wohnungen untergebracht seien, stehe - und nun komme der unerwartete Knalleffekt - in der gleichen Straße wie der Discountladen, in dem Nina arbeite, gerade einmal drei Blöcke weiter. Nun müsse dort nur noch ein Wohnplatz für eine Person frei werden. Ihr Mann werde den Freund sofort anrufen.

Kurz vor dem Mittagessen kam dann der Rückruf, Herr Faber war am Apparat. „Es ist kaum zu glauben, aber durch Umschichtungen in der Bewohnerschaft - genauer gesagt, weil zwei bisherige Singles aktuell in die Wohnung des betreffenden Mannes zusammenziehen - wird zum übernächsten Monatsersten eine Wohnung frei. Die Mutter Jules soll sich am Sonnabend in der Frühe bei Herrn Böck melden und dann auch gleich kommen, um sich die Sache anzuschauen." Wieder hatten Fabers geholfen, Bärbel und Achim hatten dieses freundliche und humorvolle Ehepaar schätzen gelernt. Achim notierte die Telefonnummer dieses Herrn Böck und vereinbarte dann am Abend mit Nina, Jule und Ümit für Sonnabend einen gemeinsamen Besuch im WG-Haus. Der Anruf früh bei Herrn Böck ließ diesen Termin bestätigen. Also fuhren alle los.

Schon die Begegnung mit diesem Mann bot einige Überraschungen. Er war etwa fünfzig Jahre alt, saß im Rollstuhl und hatte eine fröhliche jüngere Frau mit zwei halbwüchsigen Kindern. Die Besucher erfuhren, dass beide von der Gemeinschaft der Bewohner angestellt seien, sie als Sozialarbeiterin und er als Geschäftsführer. Damit die Bewohner neben der Miete auch noch Betreuung und Beratung bezahlen könnten, würden erfolgreich Eingliederungshilfeleistungen für jeden eingeworben. Wer zusätzlich Pflege benötige, könne die mit Hilfe seiner Pflegeversicherung problemlos finanzieren. Die Betreuung und Beratung leiste Frau Böck mit einem weiteren angestellten Mitarbeiter, der ausgebildeter Heilerziehungspfleger sei. Und ein kleiner privater Pflegedienst sei unter Vertrag. So sei die ganze Genossenschaft unabhängig von allen größeren gemeinnützigen Anbietern.

Eigentümer des Hauses sei die Stadt Bremen, wodurch die Mieten nicht in astronomische Höhen steigen könnten; davor schützten sichere Verträge. Nina fühlte sich sichtlich sofort wohl in diesem ungewöhnlichen Haus. Ohne zu zögern bat sie Herrn Böck um einen Miet- und Gemeinschaftsvertrag. Jule und Ümit konnten es kaum fassen, dass sich nun alles um Jule herum ändern solle und sie in Kürze mit in Ümits Wohnung würde leben können. Doch plötzlich mahnte Jule: „Mama, du hast ja die Wohnung noch gar nicht gesehen." Unter dem Gelächter der ganzen kleinen Versammlung wurde das nun erst einmal nachgeholt. Verblüffend, diese Wohnung war Nina genau recht. An die Küchengemeinschaft und andere Gemeinsamkeiten wolle sie sich wohl schnell gewöhnen, meinte sie. Und der geräumige Wohnraum, das gemütliche Schlafzimmer sowie das praktische Bad gefielen ihr auf Anhieb.

Es dauerte noch nicht einmal bis zum Ablauf der Kündigungsfrist für die Wohnung der Ivanisevics, bis Ninas Umzug stattfinden konnte, und damit natürlich auch der Jules. Max hatte angeboten, mit dem Großraumkombi der Firma die nötigen Transporte durchzuführen. Während Jule, Mechthild und Bärbel das Verpacken übernahmen, sorgten in den Wohnungen Nina und Ümit dafür, dass die Sachen sofort korrekt verteilt wurden. Achim, Max und der hinzugekommene Ahmet spielten Möbelpacker und Transporteure. Während Bärbel noch Nina beim Einräumen ihrer Kleider und Wäsche in die Schränke half, richteten sich Jule und Ümit mit Achims und Ahmets Hilfe fertig ein. Max und Mechthild fuhren den Kombi zurück zur Firma und holten dann Lukas in Ritterhude ab, wo sich Mechthilds Eltern ein hübsches Häuschen gekauft hatten. Als Bärbel und Achim am späten Abend zu Hause ankamen, waren sie zwar hundemüde, aber hochzufrieden mit der geleisteten Arbeit.

Nina saß beim Abendessen zum ersten Mal mit ihren Mitbewohnern zusammen am großen Esstisch und gestand sich im Stillen ein, dass sie seit Wochen nicht mehr so zufrieden und gelöst war wie nun nach ihrem Umzug in ihr neues Leben. Jule und Ümit saßen, nachdem Boschs und Ahmet nach Hause aufgebrochen waren, ebenfalls beim Abendessen und erzählten sich gegenseitig, wie wunderschön es sei, dass sie nun endlich beisammen bleiben konnten. Dann fragte Ümit plötzlich: „Würdest du mich nun heiraten, Jule?" Die war erstaunt und überrascht über diese Frage, hatten sie doch bisher noch niemals über dieses Thema gesprochen. „Ja, das würde ich gerne. Sollte ich aber nicht zuerst mit dem IFD auf die Suche nach einem Arbeitsplatz gehen? Du hast das hinbekommen und meine Mutter hat das doch auch geschafft, ganz ohne IFD." „Das Eine kannst du tun, das wäre ganz toll, wenn es klappt. Aber das Andere brauchen wir deshalb nicht zu lassen. Lass und also bald heiraten."

Jule mochte aber nicht ohne echten eigenen Beitrag zu den gemeinsamen Lebenshaltungskosten den endgültigen Schritt in die Ehe gehen, also erbat und bekam sie einen Beratungstermin beim IFD. Die Beraterin war die gleiche, die auch Ümit betreute, sie war für die Buchstaben „I bis N" zuständig. Als sie Genaueres über Jule erfahren hatte, zog sie zielsicher eine Karte aus ihrem Karteischrank und beschrieb Jule das Angebot eines Praktikumsplatzes im Großlager eines Bremer Industriebetriebes. „Lagerarbeit kenne ich ja, das mache ich gerne. Ich glaube auch, dass ich ganz gut darin bin." Also wurde nun in einem ersten Schritt das dortige Praktikum vereinbart und Jule begann bereits am folgenden Montag im Werkslager zu arbeiten.

Die Lagerarbeiter wollten sich in der dritten Woche einen kleinen Spaß mit ihr erlauben, sie hatten die kleine praktische junge Frau nämlich alle schnell ins Herz geschlossen. Also behauptete eines Morgens einer der beiden Staplerfahrer, er sei angewiesen worden, sie auf den Stapler zu setzen und einige Stunden für ihn einspringen zu lassen, er müsse als Betriebsratsmitglied dringend zu einer Sitzung. Ohne jeden Argwohn, etwa veralbert zu werden, stieg sie auf den Sitz, ließ sich einige Minuten lang einweisen und erledigte dann eine knappe Stunde lang alle Staplerarbeiten mit einer unerwarteten Präzision. Der Staplerfahrer, der in einem halben Jahr Rentner werden würde, war in seinem Versteck so beeindruckt, dass er dem Lagerleiter vorschlug, Jule zur Staplerfahrerin ausbilden und sie dann seine Stelle übernehmen zu lassen. Der Lagerchef kam sofort mit zwischen die riesigen Regale und ließ sich von Jule vorführen, wie geschickt sie das brummende Monster handhabe. Sein Entschluss stand fest, die Kleine wird ausgebildet und fest angestellt.

So kam es dann auch. Jule erledigte den notwendigen Lehrgang und bekam problemlos die Qualifikation. Sie und Ümit kümmerten sich inzwischen um die Papiere für das Aufgebot, besprachen mit Bärbel und Achim, dass die kirchliche Trauung in deren Kirchengemeinde stattfinden und dann am Bosch-Haus gefeiert werden solle, und konnten es immer noch nicht so ganz glauben, dass nun Jules Zukunft privat wie beruflich so schnell in geregelte Bahnen hatte kommen können. Schon einige Zeit vor Jules Prüfung, die sie nicht nur im Praktischen sondern auch in der Theorie ohne Schwierigkeiten bestand, fanden dann freitags die standesamtliche und samstags die kirchliche Trauung statt. Ümits Familie war vollständig aus dem Ruhrgebiet angereist. Achim hatte sie im Dorfhotel einquartiert.

Jule und Ümit hatten fast deckungsgleiche Arbeitszeiten. Wie ihr Vorgänger, der Jule noch ein wenig anleitete und dann in seinen letzten langen Urlaub verschwand, musste sie keine Schichtarbeit leisten. So hatten die Beiden gemeinsame Freizeit und konnten sogar jede Woche einige Zeit für Nina und andere Kontakte erübrigen. Wieder waren Ziele erreicht, Wünsche erfüllt und Hoffnungen nicht vergebens geblieben.

Ein Lebenstraum

Gut zwei Ehejahre hatten die Beiden nun schon hinter sich. Immer einmal machten sie sich gemeinsam klar, wie wichtig es gewesen war, die jeweiligen Ziele, die zu erreichen sie gehofft hatten, nicht aus den Augen zu verlieren. Eben die Hoffnung niemals aufzugeben, an das nächste Ziel kommen zu können, oft gar fast scheinbar Unmögliches zu schaffen, hatte sich stets als der richtige Weg erwiesen. Da sie beide außer aneinander und an ihre Arbeit an nichts gebunden waren, hatten sie in den letzten Monaten begonnen, regelmäßig bei den beiden Kindern von Mechthild und Max Babysitter zu spielen. Wenn Mechthild auch noch immer die Möglichkeit hatte, die Kleinen ihren Eltern zu bringen, gefiel es ihr doch sehr gut, dass Jule und Ümit ins Haus kamen. Außerdem fand Lukas den Elektrorollstuhl Ümits ganz toll. Die kleine Rebecca genoss es sichtlich, dass sich Jule immer viel Zeit nahm, altersgerechte Gesellschaftsspiele mit ihr zu spielen. Mutter Mechthild war da immer etwas ungeduldig.

Eines Sonntags nachmittags saßen die vier Erwachsenen auf der Terrasse hinter dem großen Haus auf dem Firmengelände, von dem man dort aber nichts bemerkte. Der schöne Garten war seinerzeit sehr geschickt von Mechthilds Mutter geplant und angelegt worden. Die beiden Kinder saßen selbstvergessen im Sandkasten unter den Bäumen und spielten „Haus bauen". Plötzlich brach es aus Jule heraus: „Was gäbe ich darum, wenn ich wüsste, ob wir unsere Behinderungen an unseren Nachwuchs vererben. Ich wünsche mir nichts sehnlicher als ein Kind!" Ümit hatte dieses Thema immer gemieden, obwohl er schon deutlich bemerkt hatte, wie sehr sich seine Frau nach einem oder gar mehreren Kindern sehnte. So forsch er sonst immer an Probleme herangegangen war, hier hatte er richtig Angst, ein zu großes Risiko einzugehen. Zum ersten Mal war die Kraft seiner Hoffnung zu schwach, es gab dafür ja auch gute Gründe.

Max schaute die Beiden eine ganze Zeit lang schweigend an. Dann fragte er: „Habt ihr darüber mal mit unseren Eltern gesprochen?" Jule und Ümit schüttelten die Köpfe und Ümit bekannte: „Nicht einmal miteinander haben wir darüber richtig gesprochen." Nun schüttelte Mechthild energisch den Kopf und fragte: „Wisst ihr denn nicht, dass ihr eine humangenetische Beratung beanspruchen könnt? Die bezahlt sogar jede Krankenkasse, wenn mindestens ein Partner eine Behinderung aufweist. Ihr müsst euch vom Hausarzt an eine entsprechende Arztpraxis, ein Medizinisches Versorgungszentrum oder sogar eine Klinik überweisen lassen. Der weiß bestimmt, wohin er euch schicken muss. Ich vermute, Ümit braucht diese Beratung nicht, sein Schaden entstand ja meines Wissens erst Wochen nach der Geburt als Folge der Frühgeburt. Du, Jule, solltest schon herausfinden lassen, ob du Erbträgerin bist. Wenn nicht, dann nix wie ran ans Kinderkriegen. Ihr seid genau im richtigen Alter dafür."

Das Gespräch mit dem Hausarzt verlief recht bemerkenswert. Er notierte nicht nur die Adresse des infrage kommenden Arztes auf einem ordentlichen Zettel, sondern rief im Beisein der Beiden in der Praxis dieses Kollegen an und vereinbarte einen Termin. Dann meinte er: „Ich bin ein Rindvieh. Das hätte ich euch beiden schon längst einmal raten sollen." Jules Hausarzt war er immerhin seit fast zwanzig Jahren. Die drei Wochen Wartezeit bis zum vereinbarten Termin wurden der nun mit einer neuen Hoffnung versehenen Jule recht lang. Umso schneller wurden sie dann erneut einbestellt und der junge Facharzt, dem beide sofort Vertrauen geschenkt hatten, teilte mit, das verkürzte Bein müsse nicht als Erbleiden eingestuft werden und Jules Intellekt sei nicht infolge einer ererbten Schwäche eingeschränkt sondern vermutlich in Ermangelung ausreichender Förderung im Kleinkindalter. Ihr Intelligenzquotient sei im Durchschnittsbereich. Ihrer Mutter müsse sie das aber nicht erzählen, sonst könne daraus ein Schuldgefühl entstehen, das eine behinderte Frau gar nicht gebrauchen könne.

Die Erleichterung des jungen Paares war so groß, dass Jule schon wenige Wochen nach dieser Entwarnung schwanger war. Mutter Bärbel, die wie Achim und Nina sogleich von dem Ergebnis der humangenetischen Untersuchung in Kenntnis gesetzt worden war, witzelte, als sie am Telefon diese neue Situation erfuhr: „Also guter Hoffnung vom guten Herrn Hoffnung." Ümit war nun sehr besorgt, seine Jule könne sich bei der Arbeit überfordern. Da hatte er seine zierliche Frau aber völlig falsch eingeschätzt. Bis zum Tag, an dem die gesetzliche Babypause begann, fehlte sie ganze sechs Mal je einen halben Arbeitstag, weil sie sonst die frauenärztlichen Vorsorgeuntersuchungen nicht hätte durchführen lassen können. Ihre Frauenärztin bemerkte sehr bald, dass sie es mit einer zähen und gesunden Schwangeren zu tun hatte. Und der Lagerleiter merkte das auch.

Die Geburt selbst war jedoch nicht ganz so problemlos, aber nach mehr als vierundzwanzig Stunden Wehen hielt Jule zwar erschöpft aber glücklich ein kleines gesundes Mädchen im Arm. Mit dem Rollstuhl hätte Ümit nicht in den Kreißsaal hinein gekonnt. Er hatte aber seine Unterarmgehstützen mitgebracht und erlebte an der Wand stehend die Geburt mit. So lange hatte er noch nie stehen müssen, obwohl er erst während der stärkeren Wehen dazu gekommen war. Infolgedessen nimmt es nicht Wunder, dass er nach der Rückfahrt in die Wohnung ohne Mahlzeit todmüde ins Bett fiel. Da er mit der Büroleitung abgesprochen hatte, der unplanbare Urlaub könne direkt mit dem Moment der Geburt beginnen, schlief er sich erst einmal aus, bis er dann gesättigt und fröhlich in die Klinik fuhr, seine Jule und seine Tochter Nele zu besuchen. Zum ersten Mal hielt er die Kleine selbst im Arm. Auch Nina durfte zwei freie Tage nehmen und war fast gleichzeitig mit ihm eingetroffen, vom Scheitel bis zur Sohle stolze Oma.

Bärbel und Achim kamen erst am Nachmittag und etwas später dann auch noch Max.

Die ersten Wochen mit Kind waren für Jule und Ümit Wochen des Lernens. Nele war zum Glück ein recht zufriedener Säugling. Zwischen den bald erstaunlich regelmäßigen Stillzeiten schlief sie entweder - und nachts ohne zu meckern - oder lag mit offenen Augen in ihrem Bettchen und staunte in die Welt. Wenn sie einmal ein bisschen maulte, hatte Jule die Stillzeit nicht genau eingehalten. Die Beiden waren gewohnt, bei Wind und Wetter draußen herum zu sein, Ümit musste ja immer zur Arbeit ein gutes Stück mit dem E-Rolli fahren und konnte sich das Wetter nicht aussuchen. Und Jule war mit der Straßenbahn zur Arbeit und zurück unterwegs, da gab es bei schlechtem Wetter auch nasse Füße. So war es beiden selbstverständlich, dass Nele im Kinderwagen ebenfalls an alle möglichen Widrigkeiten verschiedenster Wetterlagen gewöhnt wurde. Von Mechthild und Max hatten sie einen vielseitigen Kinderwagen „geerbt", der zu gegebener Zeit auch als Sportwagen umgerüstet werden konnte. Als Nele dann Laufen gelernt hatte, hielt sie bei Spaziergängen und Einkaufstouren tapfer mit. Wenn es ihr schließlich doch zu viel wurde, krabbelte sie bei ihrem Vater auf den Schoß und ließ sich für den Rest des Weges transportieren.

Da Jule auf ihrem Stapler Einiges mehr verdiente als Ümit in seiner Botenfunktion, hätte er gerne einen Teil der Elternzeit genommen, sah aber als Rollstuhlfahrer einige Probleme. Wieder war es Monika Faber, die eine Lösung möglich machte. Bereits kurz nach Neles Geburt hatte sie mit Ümit zusammen die Kleine in einer Kindertagesstätte in der Nähe angemeldet. Bis zum Termin, ab dem Nele kurz nach ihrem zweiten Geburtstag dorthin gehen konnte, wollte Jule jedenfalls zu Hause bleiben, den Rest der Elternzeit wollte danach Ümit nutzen.

Als Jule dann wieder zu arbeiten anfing, hatte Nele tatsächlich einen Platz in der Kita bekommen. Ümit brachte sie am Morgen dort hin. Nach einer Mittagsmahlzeit mit anschließender Mittagsruhe holte er sie dann wieder heim, verbrachte den Nachmittag mit ihr und holte dann sogar oft Jule mit der Kleinen zusammen am Werkstor ab. Und als dann beide junge Eltern wieder arbeiteten, konnte Ümit Nele vor der Arbeit zur Kita bringen und Jule sie nach Feierabend dort wieder abholen. Gab es einmal ein Hindernis für diese Organisation, übernahm Monika Faber Neles Begleitung.

Kurz vor Neles erstem Geburtstag kam eines Samstags der Hausverwalter zu der jungen Familie. „Leute, ihr habt ja nun ein Zimmer zu wenig. Von Frau Faber weiß ich, dass ihr das Bettchen mit der schlafenden Kleinen abends leise aus eurem Schlafzimmer in die große Wohnstube schiebt, wenn ihr schlafen geht. Das ist kein Dauerzustand, bald wird das nicht mehr so gehen. Ihr habt sicherlich gesehen, wir renovieren gerade die Dreizimmerwohnung am Ende des Flures. Da haben, wie ihr wisst, die beiden Schwestern Knoche gewohnt. Nachdem Emma Knoche, die Rollstuhlfahrerin, gestorben ist, hat sich ihre wundersam gesunde Schwester außerhalb Bremens in ihrem Heimatort eine Wohnung im Rahmen des ambulant betreuten Seniorenwohnens gemietet und ist nun umgezogen. Für eure Wohnung habe ich Interessenten, und die größere könnt ihr gut gebrauchen. Die Miete ist gar nicht so viel teurer als eure jetzt." Natürlich waren die Beiden sofort zum Wohnungswechsel bereit, und Nele hatte von da an ein hübsches eigenes Zimmer.

Nele hatte bereits in der Kindertagesstätte, vor allem im letzten Jahr, einen beachtenswerten Lernwillen gezeigt. Bei der Schuluntersuchung geriet die zuständige Ärztin regelrecht ins Schwärmen: „Dass ein Elternpaar mit ihren Einschränkungen ein so urgesundes und pfiffiges Kind in die Welt setzen durfte, ist ein rechtes Gottesgeschenk." Und als dann nach dem ersten Schulhalbjahr die Klassenleiterin im Elterngespräch feststellte, Nele sei eine der besten Schülerinnen der ganzen Klasse, konnten Jule und Ümit ihr Glück kaum fassen. Alles, was Ümit je erhofft hatte, war nun geschafft, Jule und er waren restlos dankbar und zufrieden.

Vom selben Autor sind bisher folgende Bücher erschienen:

- Am Außendeich, Geest-Verlag 2020,
  ISBN 978-3-86685-812-1

- Erben verpflichtet, Geest-Verlag 2021,
  ISBN 978-3-86685-835-0

- Gelernt zu leiden ohne zu zerbrechen?, Verlag BoD 2021,
  ISBN 978-3-7534-4379-9

- Dorfkristallnacht, 2. Auflage, Verlag BoD 2021,
  ISBN 978-3-7557-3720-9

- Pommerland ist abgebrannt, Verlag BoD 2022,
  ISBN 978-3-7557-0732-5

- Milch und Honig, Verlag BoD 2022,
  ISBN 978-3-7543-8497-8

- Unbillig, Verlag BoD 2022,
  ISBN 978-3-7562-3744-9

- Schwei, so sind wir's geworden, Verlag BoD 2022
  Zusammenfassung einer alten Dorfchronik
  ISBN 978-3-7568-4437-1

roos-gerhard-autor.de